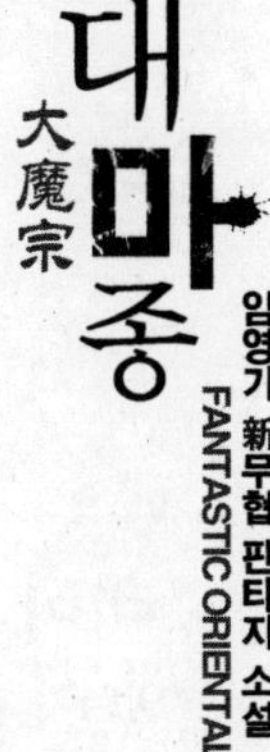

대
大魔宗
마
종
임영기 新무협 판타지 소설
FANTASTIC ORIENTAL HEROES

대마종 5

임영기 新무협 판타지 소설

초판 1쇄 찍은 날 § 2008년 7월 25일
초판 1쇄 펴낸 날 § 2008년 8월 5일

지은이 § 임영기
펴낸이 § 서경석

편집장 § 문혜영
편집책임 § 이재권
편집 § 문정흠

펴낸곳 § 도서출판 청어람
등록번호 § 제1081-1-89호
등록일자 § 1999. 5. 31
어람번호 § 제2-1542호

주소 § 경기도 부천시 원미구 심곡1동 350-1 남성B/D 3F (우) 420-011
전화 § 032-656-4452 팩스 § 032-656-4453
http://www.chungeoram.com
E-mail § eoram99@chollian.net

ⓒ 임영기, 2008

ISBN 978-89-251-1414-9 04810
ISBN 978-89-251-1307-4 (세트)

大魔宗

대마종

⑤

비무대회(比武大會)

임영기 新무협 판타지 소설
FANTASTIC ORIENTAL HEROES

도서출판 청어람

目次

第四十一章
적멸가인(寂滅佳人)

무가내의 무적군은 기개세 이후 다섯 명이 더 들어왔고, 자미룡을 마지막으로 총 오십사 명, 아니, 무가내까지 오십오 명이 되었다.

무적오군 중에서 요마군이 팔백여 명으로 가장 많은 전사를 거느리고 있다.

요마군은 잡다하게 하는 일이 많고, 임무라는 것이 그다지 특별한 자질이나 능력을 요구하지 않는 탓에 많은 수하들을 할당받았기 때문이다.

혈검군장인 균현은 혈검군의 수를 아예 삼백 명으로 묶어 버렸다.

처음 무적방을 개파했을 때 혈검군은 삼백 명이었다.

그렇다고 균현이 삼백이라는 수에 특별한 의미를 두고 있기 때문이 아니라, 그 정도 인원이면 모두를 최정예고수로 만들 수 있으며, 확실하게 통제할 수 있을 것이라고 확신하기 때문이었다.

양신웅의 구주군이 칠백 명으로 무적오군 중에서 요마군 다음으로 많은 수하를 거느렸다.

그리고 오도겸의 만신군이 이백 명의 독인(毒人)들을 거느리고 있었다.

무적방의 총 이천여 전사가 방을 버리고 떠날 준비를 완벽하게 끝내는 데에는 단 하루밖에 걸리지 않았다.

무가내가 무적방을 버리기로 결정한 다음날 어둠이 깔린 직후부터 출발하기 시작하여 자정이 되기도 전에 무적방 이천여 명이 단 한 명도 남김없이 방을 떠났다.

두어 시진 전까지만 해도 활기에 넘쳐 있던 무적방은 한순간에 을씨년스럽게 변해 버렸다.

무적방은 원래 모든 물품을 자체적으로 조달을 하고, 찾아오거나 나가는 사람들도 거의 없었다.

그러므로 무적방이 비었다는 사실은 아마도 정협맹을 출발한 오천 고수가 도착해야지만 세상에 드러나게 될 것 같았다.

구주군이 제일 먼저 무적방을 출발했다.

무가내로부터 앞길을 트라는 명령을 받았기 때문이다.

양신웅은 구주군을 네 개의 대(隊), 즉 사 대(四隊)로 나누어서 제일대 백 명을 최전방에, 이대 이백 명을 최전방과 중간 사이에, 삼대 삼백 명을 중간에, 사대 백 명을 후방에 두어 길이 백여 리, 폭 오십여 리를 훑듯이 수색하면서 전진하도록 했다.

그리고 양신웅 자신은 삼대 삼백 명을 이끌었다.

무가내가 이끄는 오십사 명의 무적군은 구주군의 중간 지점인 삼대의 한복판에서 이동을 했다.

무가내와 은예상은 한 대의 마차에 타고 있었으며, 어자석에는 당경림이 앉아 마차를 몰았고, 그 옆에 앉은 자미룡은 주위를 경계했다.

마차 앞에는 강조와 마랑도가, 뒤에는 석중명과 기개세가 말을 타고 나란히 마차를 호위했다.

무가내는 부호의 철없는 외동아들로, 은예상은 젊은 부인으로 변장을 하여 유람을 나온 것처럼 행동했다.

그리고 마차를 호위하는 자미룡과 강조 등 여섯 명은 눈에 띄지 않는 평범한 호위무사의 복장을 하고 있었다.

그들 여섯 명의 복장은 누가 보더라도 영락없는 삼류 호위무사의 그것이라서 그들이 무적방 최정예고수인 무적전사일 것이라고는 아무도 짐작하지 못할 터였다.

무가내와 이들 일곱 명을 제외한 무적전사 사십팔 명은 각자의 용모와 체구에 맞게 여러 신분으로 변장하여 마차를 중심으로 백여 장 이내에서 은밀하게 이동을 했다.

혈검군은 각 백 명씩 삼 대로 나누어 본진(本陣)인 무적군과는 별도로 행동을 개시했다.

혈검군은 정협맹 소속 중원삼십육태두와 사대종사를 협공했던 열네 명의 위치와 세력 등을 세밀하게 조사하라는 임무를 띠고 있기 때문에 행동 반경이 넓을 수밖에 없었다.

만신군은 본대에서 멀리 뚝 떨어져서 독자적으로 산과 들, 강, 늪지대만을 골라서 이동했다.

다양한 종류의 독물들을 되도록 많이 채집하라는 무가내의 명령을 수행하기 위해서였다.

그러나 만신군은 본진에서 이백여 리 이상을 벗어나지는 않았다.

인원이 제일 많은 요마군은 거대 상단(商團)으로 위장하여 네 개 대로 나누어서 이동을 했다.

요마군은 무적방 전체의 살림을 도맡고 있기 때문에 상단으로 위장하는 것이 쉽고도 자연스러웠다.

요마군 네 개 대 중에서 제일대와 이대는 항주성을 출발하면서도부터 수레와 마차, 말 등 여러 물품들을 사들였다.

그 덕분에 항주성에서 서쪽으로 백오십여 리 거리인 동려현(桐廬縣)에 이르렀을 때에는 제법 그럴듯한 상단의 모습을 갖추기 시작했다.

요마군 삼대와 사대는 무적방 뒤쪽 포구에 정박해 있는 수십 대의 크고 작은 선박 중에서 다섯 대의 크고도 빠른 배를 몰고 출발했다.

그 배들은 항주성 전당강을 출발하여 운하를 타고 강소성 태호(太湖)로 들어간 후, 그곳에서 다시 운하를 타고 장강으로 진입, 서쪽으로 거슬러 오를 예정이다.

육로로 걸어서 이동하는 것보다 배로, 더구나 멀리 돌아서 이동하는 것이 훨씬 느릴 것이다.

그렇지만 육로의 본진은 바삐 서둘러 가지 않을 것이므로 요마군 삼, 사대는 그다지 뒤처지지 않을 터이다.

무가내와 무적군 본진은 무적방을 출발한 지 사흘이 지났을 때, 항주성에서 서쪽으로 이백여 리 거리에 있는 전당강 중류 강변에 위치한 건덕현(建德縣)으로 들어서고 있었다.

무가내와 은예상이 탄 마차는 현 내에 들어서자 속도를 줄이고 천천히 굴러 들어갔다.

어자석의 당경림은 전면만 주시하면서 마차를 몰았고, 그 옆에 앉은 자미룡은 느릿한 동작으로 전면과 좌우를 둘러보는 것 같았지만, 실상은 날카롭게 주위를 살피고 있었다.

얼마 전까지만 해도 구룡방 칠방주였던 그녀는 가만히 있어도 저절로 드러나는 위엄과 오만함, 철철 넘치는 기도를 감추느라 애를 먹고 있는 중이었다.

그녀는 그 사실을 까맣게 몰랐었는데, 무적방을 출발한 지 얼마 지나지 않아 마차를 모는 당경림이 슬쩍 언질을 해주어서 알게 되었다.

그녀는 늘 즐겨 입던 비단으로 지은 홍의 대신 일반 무사들이 입는 평범한 홍의 경장 차림이었다.

양쪽 허리에 분신처럼 차고 있던 그녀의 성명무기인 채찍과 단창은 헝겊에 싸서 어자석 의자 뒤에 감춰두고, 대신 장검 한 자루를 오른쪽 어깨에 메고 있는 모습이었다.

마차의 이 장 전면에서 나란히 가고 있는 강조와 마랑도, 그리고 마차 이 장 후방에서 따라오고 있는 석중명과 기개세는 번화한 현 내를 구경하는 체 둘러보면서 수상한 자들이 없는지 예리하게 살피고 있었다.

자미룡은 꽤나 오랫동안 무가내의 주변을 맴돌면서 그의 마음을 얻지 못해 속을 끓였었다.

그러나 이제 그녀는 당당한 무적전사가 되어 무가내를 지척에서 호위하는 몸이 되었다.

그녀는 자신이 다른 무적전사하고는 본질적으로 다르다고 확신하고 있었다.

무적군의 홍일점인 여자라는 사실을 떠나서, 자신이 무가내의 가족의 일원이 됐다고 여기기 때문이었다.

또한 자신이 무가내의 여자로서 어느 정도 인정을 받았다는 생각도 들었다.

그 이유는 순전히 무가내가 그녀의 염안마령술을 풀어주던 날, 침상에 눕혀놓고 은밀한 행위를 했기 때문이다.

그 은밀한, 아니, 엉큼한 행위 때문에 그녀는 셀 수도 없을 만큼 많은 절정을 맛보았으며, 그로 인해서 자신이 무가내의 여자가 됐다고 판단한 것이다.

문득 자미룡은 그날 무가내의 손이 자신의 옥문과 항문, 계곡 사이를 누볐던 기억이 떠올라 자신도 모르게 얼굴이 붉어지고 약간 숨이 가빠졌다.

그때 뒤쪽에서 무가내가 나른하게 자미룡을 부르는 목소리가 들려왔다.

"진아, 배고프다."

주루를 찾으라는 얘기다.

자미룡은 마치 자신의 뒤에 무가내가 보이기라도 한 듯 뒤돌아보며 상냥하게 미소 지으면서 대답했다.

"알았어요. 잠시만 기다리세요."

마차를 모는 당경림도 분명히 무가내의 말을 들었을 텐데도, 자미룡은 약간 거만한 태도로 그에게 지시했다.

"즉시 마차를 주루 앞에 세워라."

당경림은 원래 무던한 성격이라서 그녀의 태도를 별로 신경 쓰지 않았다.

현 내에는 한 집 건너 주루가 있었기 때문에 주루를 찾는

데 시간을 낭비할 필요가 없었다.

당경림은 몇 개의 주루를 지나쳐 그중 가장 괜찮게 보이는 주루 앞에 마차를 세웠다.

마차가 채 정지하기도 전에 자미룡이 뛰어내려 마차의 문으로 달려갔다.

"문을 열겠어요."

마차 문앞에서 자미룡은 조용한 목소리로 예고했다.

그냥 문을 열어도 되지만 그녀는 꼭 미리 예고를 했다.

처음에 아무 말도 없이 문을 열었다가 못 볼 꼴을 보고 말았기 때문이다.

처음에 문을 열었을 때 마차 안에서 거의 벌거벗은 상태나 다름없는 모습으로 누워 있는 은예상의 몸을 무가내가 부지런히 만지고 있는 광경을 발견했던 것이다.

마차 안은 꽤 넓고 화려했으며 낮은 교탁과 간단한 침구와 팔걸이 등이 구비되어 있었다.

그런데 어질러진 이불 위에 은예상이 흐트러진 자세로 누워 있고, 무가내가 그녀의 은밀한 부위를 더듬고 있는 광경을 목격하고 만 것이었다.

그 광경을 보는 순간 자미룡은 무가내가 자신에게 했던 것과 똑같은 짓을, 아니, 그보다 더욱 진한 행위를 은예상에게 한다는 사실을 깨달았다.

물론 자미룡은 불같은 질투를 느꼈다. 하지만 질투를 한다고 해결될 일이 아니었다.

그녀는 이미 오래전부터 은예상과 함께 무가내를 공유해야 한다고 생각해 왔기 때문이다.

아니, 좀 더 솔직히 말하자면, 은예상은 부인이고 자미룡 자신은 첩의 신세라고 할 수 있다.

그러므로 첩이 부인을 질투할 수는 없는 노릇이다.

처음에 그런 광경을 본 이후부터 자미룡은 문을 열기 전에 반드시 미리 알리기 시작했다.

그런다고 해서 크게 달라진 것은 없었다. 다만 은예상이 옷이나 이불로 자신의 몸을 가리려고 애쓴다는 정도가 달라졌을 뿐이다.

자미룡은 문을 열겠다고 예고한 후 세 호흡 정도 간격을 두었다가 문을 열면서 이번만큼은 두 사람의 조금쯤은 정갈한 모습을 볼 수 있기를 빌었다.

척!

그러나 문을 열었을 때 그녀는 순간적으로 눈살을 찌푸려야만 했다.

마차 안에는 언제나와 다름이 없는 광경이 벌어져 있었다.

은예상은 자미룡과 시선이 마주치자 적이 당황한 표정을 지으며 허둥거렸다. 그렇지만 무가내를 밀어내지 않고 가만히 내버려 두었다.

자미룡은 문을 반쯤 연 상태에서 뒤돌아서서 두 사람이 제대로 옷을 입고 나오기를 기다렸다.

그녀가 다시 문을 닫는다면 무가내는 하던 짓을 계속하며 한정없이 기다리게 할 것이다.

자미룡은 이미 그런 경험을 두어 번 했으며, 어떻게 해야 두 사람을 빨리 나오게 할 수 있는지를 터득했다.

그녀가 가리고 있기 때문에 밖에서는 마차 안이 들여다보이지 않았다.

자미룡은 뒤돌아서 기다리며 저 안에 누워 있는 여자가 은예상이 아니라 자신이었으면 좋겠다는 생각을 문득 했다.

그런 생각을 하자마자 그녀의 몸이 걷잡을 수 없이 빠르게 달아오르기 시작했다.

"어험!"

그때 등 뒤에서 무가내의 나직한 헛기침 소리가 들렸다.

자미룡이 가볍게 놀라 급히 비켜서자 무가내에 이어서 은예상이 마차에서 내렸다.

화려한 비단의 오색 채의를 입은 무가내와 역시 비단으로 만든 백의에 긴치마를 입은 은예상의 모습은 방금 하늘에서 하강한 선남선녀처럼 준수했고 아름다웠다.

두 사람이 내려서 주루를 향해 걸어가자 주변의 많은 사람들이 모여들면서 탄성을 터뜨렸다.

처음에 무가내는 그런 현상이 순전히 은예상의 아름다움

때문이라고 여겼었다.

그런데 얼마 지나지 않아서 사람들이 은예상뿐만 아니라 자신의 준수함에도 감탄한다는 사실을 깨달았다.

구경하는 사람들이 남자가 정말 준수하고 훤칠하다고 감탄사를 터뜨리는 것을 들었기 때문이다.

그때 그는 비로소 자신이 잘생겼다는 사실을 난생처음 알게 되었다.

그 후 두 사람을 보면서 터뜨리는 감탄의 절반은 은예상에 대한 것이고, 나머지 반은 자신에 대한 것이라는 사실마저 알게 된 무가내는 자신이 잘생겨도 매우 잘생겼다는 사실을 깨닫게 되었다.

그때부터 그는 구경꾼들의 감탄을 조금씩 즐기기 시작하더니 이제는 아예 드러내 놓고 의기양양하게 거들먹거렸다.

무가내는 턱을 치켜들고 어깨를 활짝 벌린 채 주루 입구를 향해 걸어갔다.

은예상은 그의 옆에 바짝 붙어서 두 손으로 그의 팔을 붙잡아 가슴에 꼭 안고는 다소곳이 따랐다.

보통 명망있는 가문의 여자들은 남자의 옆이나 뒤를 조용히 따르는 것이 예절인데, 은예상은 그러지 않았다.

몸이 무가내와 닿아 있지 않으면 불안하기 때문이었다.

단둘이 있을 때에는 무가내가 한시도 가만히 있지 않고 은예상을 주물러 대고, 그러지 않을 때에는 은예상이 무가내에게 죽자 사자 붙어 있으니, 이런 찰떡궁합도 없을 것이다.

무가내는 팔자걸음으로 어기적거리면서 걸었다. 영락없는 부잣집 공자의 행동이었다.

무적방을 출발하기 전에 균현이 그에게 망나니 같은 부잣집 공자 행세를 해보라고 주문했었다.

그랬더니 무가내는 연습을 해볼 필요도 없이 단 한 번에 부잣집 공자의 걸음걸이와 행동거지를 완벽하게 흉내 냈다.

아니, 그것은 흉내가 아니라 무가내 본연의 모습이었다.

무가내와 은예상이 마차에서 내려 주루 입구까지 삼 장여의 거리를 걸어가는 동안에, 두 사람을 보려는 구경꾼들이 인산인해를 이루어 일대가 몹시 혼잡해졌다.

강조와 마랑도가 앞에서 길을 열고, 자미룡과 당경림이 무가내와 은예상의 좌우에서, 석중명과 기개세가 뒤에서 호위하며 일행은 주루로 들어섰다.

무가내와 은예상 때문에 주루 안에서도 소란이 일어났다.

일층에 빈자리가 몇 군데 있었기 때문에 사람들의 감탄 어린 시선을 즐기고 싶은 무가내는 일층에서 식사를 하고 싶어 했다.

그러나 그런 시선이 거북한 은예상이 그의 팔을 잡고 이층으로 오르는 계단 쪽으로 이끌었다.

그리고 소란이 일어나지 않기를 바라는 점소이도 일행을 이층으로 안내했다.

더구나 무가내와 은예상을 호위해야 하는 자미룡과 강조 등도 사람이 많지 않은 장소가 유리하기 때문에 뒤쪽에서 바짝 밀어붙이다시피 하여 무가내는 어쩔 수 없이 이층으로 올라갈 수밖에 없었다.

이층으로 올라선 무가내의 얼굴에 심드렁한 표정이 역력하게 떠올랐다.

아래층에는 이삼십 명의 손님이 우글거리던 것에 반해서 이층에는 두 개의 탁자에 다섯 명밖에 없었기 때문이다.

그들은 계단에서 가장 먼 이층 끝 벽 옆에 앉았는데, 두 개의 탁자를 나란히 사용하는 것으로 봐서 일행인 듯했다.

하나같이 어깨에 검을 메고 있었으며, 범상치 않은 기도를 흩뿌렸다.

그로 미루어 무림 고수가 분명했다.

특히 그들 중에 두 명은 단연 돋보였다.

그들은 계단을 막 올라온 무가내 일행을 한차례 힐끗 쳐다보더니 별 관심이 없다는 듯 이후 자기들끼리 술과 요리를 먹으면서 나직하게 대화를 나누었다.

"조용한 방을 다오."

무가내에게 보고해야 할 일이 있는 당경림이 점소이에게 주문했다.

그러자 무가내가 손사래를 치면서 먼저 난간 가의 자리로 빠르게 걸어갔다.

“아냐. 난 탁 트인 곳이 좋아.”

당경림과 자미룡 등이 어떻게 해볼 사이도 없이 무가내는 은예상을 자신의 옆 자리에 잡아끌어 앉히고는 점소이에게 서둘러 요리를 주문하기 시작했다.

늘 하던 대로 무적전사 여섯 명은 무가내가 앉은 탁자의 앞뒤와 옆 탁자에 두 명씩 앉았다.

무가내가 앉은 왼쪽은 난간이고 그 아래쪽은 일층이 훤히 내려다보였기 때문에 그 방향은 호위를 할 수가 없다.

무가내와 은예상은 무림 고수들을 정면에서 쳐다볼 수 있는 방향에 앉았다.

그와 무림 고수들 간의 거리는 약 사 장 정도였다.

무가내 바로 앞 탁자에는 강조와 마랑도가 서로 마주 보는 자세로 앉아 있었다.

무가내 쪽에서는 마랑도의 뒷모습이 보이고 그 맞은편에 사선으로 앉은 강조의 앞모습이 보였다.

주문한 요리를 기다리는 동안 무가내는 버릇처럼 한 손을 은예상의 무릎에 얹은 채 무림 고수들 쪽을 쳐다보았다.

“주군.”

그때 무가내의 귀에 강조의 나직하면서도 공손한 전음이 들렸다.

무가내는 무림 고수들을 쳐다보다가 눈동자를 약간 굴려 강조를 쳐다보았다.

강조는 꼿꼿한 자세로 똑바로 무가내를 주시하고 있었는데, 무가내는 그가 평소와는 달리 적잖이 긴장하고 있다는 것을 간파했다.

"백발에 은포를 입고 은검(銀劍)을 메고 있는 육십오 세가량의 노인이 보이십니까?"

긴장을 해서인지 강조의 전음은 나직했지만 은근히 힘이 들어가 있었다.

무가내는 전면의 무림 고수들 중에서 강조의 설명과 맞아떨어지는 한 인물을 어렵지 않게 찾아냈다.

백학처럼 고고하면서도 범접하기 어려운 위엄을 풍기고 있는 그 노인은 무림 고수들 중에서 단연 돋보이는 존재였다.

무가내는 다섯 명의 무림 고수 중에서 은포노인이 가장 고강하다는 사실을 간파했다.

그는 무리 중에서 돋보이는 두 명 중 한 명이었다.

또한 모두들 그에게 공손한 것으로 미루어 그가 무리 중에서 가장 배분이 높은 듯했다.

무가내가 은포노인을 주시하고 있을 때 강조의 전음이 이어졌다.

"그는 섬서성(陝西省) 은비검문(銀飛劍門)의 문주인 은비전검(銀飛電劍) 하승인(河承仁)입니다. 또한 중원삼십육태두 중한 명이기도 하지요."

순간 무가내의 눈빛이 가볍게 일렁이는가 싶더니 곧 평정을 되찾았다.

이런 곳에서 중원삼십육태두 중 한 명을 만났다는 사실이 놀랍기는 하지만 그의 이성을 흔들 정도는 아니었다.

은비전검 하승인은 무가내 쪽을 마주 보고 앉아 있었는데, 그때 우연인지 그도 무가내를 쳐다보았다.

무가내는 시선을 돌리지 않고 그를 마주 쳐다보면서 담담한 표정을 지었다.

갈대꽃처럼 희고 길며 탐스러운 수염을 가슴까지 기른 하승인은 잠시 무가내를 주시하다가 시선을 거두고 술잔을 입으로 가져갔다.

그때 강조의 전음이 무가내에게 다시 들려왔다.

"하승인 옆에 앉아 있는 여자는 정협맹주가 아끼는 두 명의 제자 중 하나인 적멸가인(寂滅佳人)입니다."

'정협맹주?'

무가내는 은비전검 하승인이라는 이름을 들었을 때보다 눈빛이 조금 더 흔들렸다.

그러나 그가 하승인 옆에 앉아 있는 여자를 쳐다볼 때에는 원래의 눈빛을 되찾았다.

그렇지만 그 여자의 얼굴에 시선이 멈추었을 때, 무가내는 또 다른 이유 때문에 눈빛이 흔들렸다.

적멸가인.

구구한 설명이 필요하지 않은, 천하에 짝을 찾아보기 어려울 정도의 미녀였다.

아니, 그녀와 비견될 만한 미인은 딱 한 명, 은예상 정도일 것 같았다.

천하제일미라고 칭송받는 천상옥봉 은예상하고 비교해도 우열을 가리기 어려울 정도의 미녀가 적멸가인이었다.

강조는 무가내가 적멸가인을 보고 있다는 사실을 알고 전음으로 설명을 이었다.

"적멸가인은 무림제일미라고 불립니다."

그렇다면 지금 이곳에 천하제일미와 무림제일미가 한자리에 모여 있는 것이다.

그것은 결코 흔치 않은 일이다. 어쩌면 두 여자 평생에 한 번 있을까 말까 할 특별한 상황일 것이다.

그러나 무림 고수들, 즉 정협맹 고수들은 은예상이 천하제일미 천상옥봉이라는 사실을 알아차리지 못했다.

그러므로 이 자리에 천하제일미와 무림제일미가 함께 있는 것을 알고 있는 사람은 무가내와 강조, 둘뿐이었다.

그러나 무가내가 적멸가인을 보고 놀란 것은 미모 때문이 아니었다.

그녀를 쳐다보는 순간 그의 눈을 찌르는 듯한 어떤 기운이 있었던 것이다.

그렇다고 그녀와 눈이 마주친 것도 아니었다. 단지 쳐다보기만 했을 뿐인데 무가내는 미약하나마 기묘한 느낌을 받았던 것이다.

처음에는 그 느낌이 무엇인지 몰랐으나 잠시 지나고 나서 알게 되었다.

그것은 그가 오악도에서 금만등을 이룰 때 극음지기 속에 들어갔을 때 느꼈던 한기 같은 것이었다.

물론 극음지기의 한기하고는 비교할 수 없지만, 어쨌든 적멸가인을 본 순간 무가내가 느낀 것은 눈을 찌르고 머릿속을 차갑게 만드는 한기였다.

다시 이어진 강조의 전음이 조금 전보다 더 낮고 진중하게 변했다.

"아무래도 저들은 본 방을 공격하려 이동 중인 오천여 명 정협맹 고수들의 지휘부인 것 같습니다."

강조의 말이 아니더라도 무가내 역시 그런 추측을 하고 있던 중이었다.

그것이 아니라면, 정협맹주의 여제자인 적멸가인과 중원 삼십육태두의 은비전검 하승인 같은 거물들이 항주성에서 가까운 이곳에 갑자기 모습을 나타낼 이유가 없었다.

이후 강조는 더 이상 전음을 보내지 않고 침묵을 지켰다.

적멸가인과 은비전검 하승인 일행을 어떻게 할 것인지에 대해서 무가내의 명령을 기다리는 것이다.

무가내는 길게 생각하지 않았다. 굳이 길게 생각할 필요가 없었다.

　지금 저들을 공격하는 것은 손톱만큼도 득이 될 것이 없다.

　항주성 무적방은 텅 비어 있다. 저들은 수천 리 먼 길을 헛걸음에 헛고생을 하고 돌아가게 될 것이다.

　그러므로 무적방은 저들과는 상관없이 원래 계획했던 대로 밀고 나가면 그만이다.

　언젠가 저들과 싸우게 될 날이 있겠지만, 지금은 아니라고 판단한 무가내였다.

　무가내가 적멸가인을 보고 있을 때, 그녀는 은예상을 주시하고 있는 중이었다.

　모두들 묵묵히 술과 요리를 마시고 있었지만, 적멸가인은 술잔을 입으로 가져가다가 멈춘 상태에서 은예상을 뚫어지게 주시하고 있었다.

　그녀는 원래 도도함과 오만함이 하늘을 찌르는 성격이라서 웬만한 일에는 한눈을 팔지 않는 성격이다.

　하지만 그녀도 여자인지라 은예상의 뛰어난 미모에 저절로 시선이 끌렸던 것이다.

　그렇지만 은예상은 원래 두리번거리는 습관이 없는 터라 아직 적멸가인을 발견하지 못했다.

　그녀는 다소곳한 자태로 무가내를 말끄러미 응시하고 있다가 젓가락으로 맛있는 고기 한 점을 집어 그의 입에 살며시 대주었다.

무가내는 입으로 고기를 넙죽 받아 우적우적 씹어 먹으면서 시선은 여전히 적멸가인에게 고정되어 있었다.

문득 은예상은 그가 누구를 그렇게 열심히 주시하고 있나 싶어서 바라보다가 자신을 주시하고 있는 적멸가인과 그제야 시선이 마주쳤다.

순간 은예상은 깜짝 놀랐다. 적멸가인이 너무 아름다웠기 때문이다.

하지만 은예상은 적멸가인이 너무 뚫어지게 자신을 주시하고 있어서 곧 시선을 돌려야만 했다.

무가내는 적멸가인을 응시하면서도 손을 움직여 술을 마셨다.

은예상은 공손히 두 손으로 무가내에게 안주를 먹여주고 이어서 술을 따랐다.

적멸가인은 줄곧 은예상에게서 시선을 떼지 않았다.

적멸가인의 얼굴에는, 저토록 아름다운 소녀가 한 남자에게, 그것도 부잣집의 천덕꾸러기 공자 같은 사내에게 지나칠 정도로 공손하고 정다운 태도를 취하는 것이 이해하기 어렵다는 듯한 표정이 옅게 떠올라 있었다.

그녀의 사부 정협맹주인 무적검절 태무천은 이십 년 전에 정협맹주로서 오악도의 네 마물을 함정에 빠뜨려 중상을 입히고 병신을 만들었던 주범이다.

적멸가인은 이십 년 전 사건에는 직접적인 관련이 없었고,

그때는 태어나지도 않았지만, 현재 태무천의 제자라는 사실
은 부정할 수 없는 사실이다.

적멸가인을 응시하고 있던 무가내는 문득 그녀의 심지를
제압하면 앞으로 이용 가치가 무궁무진할 것이라는 생각이
뇌리를 스쳤다.

심지를 제압하려면 누가 뭐래도 염안마령술이 가장 손쉬
우면서도 확실한 방법이다.

무가내는 적멸가인을 염안마령술로 제압하기로 마음먹었
다.

그의 이성은 아직 제대로 계발되지 않은 상태라서 무엇이
든 깊이 생각하지 않고 감성적으로 즉시 결정하고, 일단 결정
하면 곧장 실행에 옮긴다.

그는 오직 적멸가인을 이용만 하기 위해서 제압하는 것이
라고 내심 다짐했다.

하지만 마음 한구석에 저렇게 예쁘고 탐스러운 계집애를
제압해서 홀딱 벗겨놓은 다음에 한차례 운홀우황지 수법을
사용해 보고 싶다는 생각이 전혀 들지 않는 것은 아니었다.

분명한 사실은, 정사를 하고 싶다는 것이 아니라 단지 운홀
우황지 수법을 사용해 보고 싶다는 것뿐이었다.

'그런 마음은 추호도 없다!'

무가내는 불순한 생각을 떨쳐 내려는 듯 가볍게 고개를 흔
들며 짐짓 냉정한 표정을 지었다.

한데 그러자마자 마음 한구석에 웅크리고 있던 그 생각이 갑자기 쑤욱 커져 버리는 것이 아닌가?

'이런……'

그는 어이없어하다가 될 대로 되라는 식으로 내버려 두었다.

적멸가인을 제압해서 이용하던 중에 만약 기회가 닿으면 운흘우황지 수법을 한번 사용해 볼 수도 있을 것이며, 그것은 자연스러운 현상이라고 애써 자위했다.

그렇지만 그는 절대 그런 기회를 자신이 일부러 만들지는 않을 것이라고 결심했다.

그런데 결심이 잘 지켜지지 않을 것 같은 생각이 들어서, 그 결심을 분명히 지키고 말 것이라고 또 결심했다.

그런데 문제는, 적멸가인이 도무지 그를 쳐다봐 주지 않는다는 사실이었다.

그녀는 유독 은예상만 주시하고 있었다. 그렇다고 오래 쳐다본 것도 아니다. 적멸가인이 은예상에게 시선을 준 지 불과 다섯 호흡 정도 지났을 뿐이다.

무가내는 적멸가인이 자신을 쳐다보게 유도해야겠다고 생각했다.

여태까지 은예상의 허벅지 위에 가만히 손만 얹어놓고 있었는데, 그것을 슬슬 움직이기 시작한 것이다.

무가내 바로 앞에는 마랑도와 강조가 앉아 있지만, 마랑도는 뒤돌아 앉아 있고, 강조는 마랑도가 가리고 있어서 탁자 밑으로 은예상의 허벅지가 보이지 않았다.

또한 정협맹 고수들 중에서 이쪽을 보고 있는 사람은 적멸가인 한 명뿐이므로, 그녀가 보는 것은 상관이 없었다.

아니, 오히려 그녀가 봐주어야만 한다. 그녀로 하여금 무가내 자신을 쳐다보게 하려는 것이 목적이기 때문이다.

무가내는 재빠르고 능숙한 솜씨로 은예상의 치마를 단번에 걷어 올렸다.

그는 그러면서도 적멸가인의 얼굴에서 시선을 떼지 않았다. 자신을 쳐다보는 순간 염안마령술을 전개해야 하기 때문이다.

은예상의 뽀얀 허벅지가 드러났다.

무가내는 손으로 다리를 약간 벌리고 허벅지 깊숙한 곳으로 손을 미끄러뜨렸다.

은예상은 깜짝 놀라는 표정을 지으며 반사적으로 적멸가인을 바라보았다.

순간 적멸가인의 눈이 약간 커졌다.

그 눈에는 은예상에 대한 실망감과 허벅지 깊은 곳으로 파고드는 손의 임자에 대한 은은한 분노가 서려 있었다.

그렇지만 은예상은 무가내의 손을 뿌리치지 않았다.

그녀의 변함없는 덕목은 '사랑하는 이에 대한 무조건적인 맹종'이기 때문이었다.

무가내의 손이 속곳에 막 닿으려는 순간 처음에 봤을 때보다 조금 더 차가워진 적멸가인의 눈빛이 마침내 무가내를 쳐다보았다.

아니, 쳐다보는 것이 아니라 차디차게 쏘아보았다.

기회는 이때다 싶은 무가내는 미리 준비하고 있던 염안마령술의 눈빛을 적멸가인에게 힘차게 쏘아 보냈다.

순간 무가내는 그녀의 눈빛이 잔물결처럼 일렁이는 것과 그녀가 어지러운 듯 가볍게 머리를 흔드는 것을 발견했다.

'헤헤… 걸려들었다!'

무가내는 내심 회심의 탄성을 터뜨렸다.

그때 무가내 바로 옆 탁자에 가깝게 앉아 있던 자미룡은 그와 적멸가인을 번갈아 쳐다보다가 눈살을 찌푸렸다.

'오빠가 저 여자에게 염안마령술을 걸었군.'

자미룡은 입술을 삐죽거리면서 적멸가인을 쏘아보았다.

'흥! 제 버릇 개 못 준다더니, 오빠는 예쁜 것들만 보면 그저 사족을 못 써!'

무가내는 은예상의 허벅지 사이에서 손을 떼고 느릿하게 일어섰다.

그가 갑자기 일어서자 여섯 명의 무적전사는 동시에 놀라 바짝 긴장하여 무가내를 주시했다.

무가내는 정말 부잣집 공자처럼 어슬렁거리면서 적멸가인에게 걸어갔다.

그의 얼굴에는 다 잡은 먹잇감을 어떻게 요리할 것인가 하
는 흡족함과 여유의 표정이 가득 떠올라 있었다.

무가내가 다가오자 적멸가인은 물론이고 정협맹 고수들
모두가 그를 주시했다.

하지만 긴장을 하거나 경계하는 모습은 아니었다.

등봉조극에 이른 무가내가 무공을 감추려고 마음만 먹으
면 그가 절세고수라는 사실을 알아낼 수 있는 안목을 지닌 사
람은 무림을 통틀어 몇 명 되지 않을 것이다.

정협맹 고수들은 그저 웬 잘생긴 부잣집 공자가 자신들에
게 어슬렁거리면서 다가오는 것인가, 라고만 여기고 있었다.

그들이 지켜보고 있지만 무가내는 조금도 개의치 않고 어
느덧 적멸가인 바로 앞에 이르러 걸음을 멈추었다.

은예상은 무가내가 무엇을 하려는 것인지 종잡을 수 없다
는 표정으로 바라보고 있었다.

그녀는 무가내가 적멸가인에게 염안마령술을 시전했다는
사실을 꿈에도 모르고 있었다. 아니, 염안마령술이라는 것이
있다는 사실조차도 몰랐다.

정협맹 고수들이 태연한 반면에, 여섯 명의 무적전사는 극
도로 긴장하여 여차하면 공격할 만반의 준비를 갖추었다.

무가내는 적멸가인을 쳐다보았다.

그러자 적멸가인도 무가내를 마주 바라보았다.

무가내는 빙그레 제 딴에는 최대한 온화한 미소를 지었다.

그러나 속마음으로 엉큼한 마음을 품고 있었으므로 온화한 미소가 아니라 군침을 흘리는 헤벌쭉한 표정이라는 사실을 그 자신은 까맣게 모르고 있었다.

적멸가인은 무가내의 징그러운 웃음을 보고 일순 역겹다는 표정을 슬쩍 지었다.

하지만 무가내는 조금도 개의치 않았다.

적멸가인의 표정을 염안마령술에 제압된 그녀 특유의 표정쯤으로 여긴 것이다.

이윽고 무가내가 한껏 느긋한 표정으로 입을 열었다.

"네 이름이 뭐냐?"

순간 적멸가인의 눈이 샐쭉하게 변했다.

그리고 정협맹 고수들 얼굴에 어이없다는, 그리고 벌레를 씹은 듯한 표정이 띠올랐다.

적멸가인은 대답 대신 그때까지도 손에 쥐고 있던 술잔을 입에 대더니 단숨에 털어 넣었다.

이후 그녀는 고개를 약간 숙이고 술잔을 만지작거리면서 침묵을 지켰다.

그녀가 부끄러워한다고 여긴 무가내는 대뜸 손을 뻗어 그녀의 삼단 같은 머리카락을 부드럽게 쓰다듬으며 더욱 온화한 목소리로 입을 열었다.

"이름이 뭐냐니까 어째서 부끄러워하느냐?"

그러자 적멸가인이 슥 일어섰다.

그녀의 머리카락을 쓰다듬던 무가내의 손이 미끄러져 내려서 자연스럽게 그녀의 뺨을 어루만지게 되었다.

뺨을 만진 그의 느낌은 '무지 차갑다'는 것이었다.

사람의 살결이 이처럼 차가울 수도 있다는 사실을 그는 그때 처음 알았다.

일어선 적멸가인이 무가내를 보기 위해서 천천히 몸을 돌리자 그의 얼굴에 떠올라 있는 헤벌쭉한 미소가 더 짙어졌다.

가까이에서 본 적멸가인은 얼굴만 예쁠 뿐 아니라 키가 커서 늘씬했으며 몸에서 은은한 향기가 풍겼는데, 무엇인지 모르지만 몹시 기분이 좋았다.

이윽고 반 자 거리에 마주 선 두 사람의 시선이 교차했다.

그즈음 적멸가인의 뺨을 어루만지던 무가내의 손은 턱을 지나 목으로 내려가는 중이었다. 그대로 내버려 두면 젖가슴까지 내려갈 것 같았다.

"……!"

순간 무가내의 손이 적멸가인의 턱에서 뚝 멈추었다.

그녀의 얼굴이 차디차게 굳어 있는 것을 발견한 것이다.

지금 그녀가 얼굴 가득 떠올린 것은 오악도의 극음지기보다 더했으면 더했지 못하지 않았다.

'어째서…….'

아무리 자신의 염안마령술에 대해서 자신하고 있는 무가내지만 이 순간만큼은 약간 의구심이 들었다.

그때 적멸가인이 살짝 입술을 깨무는 것이 보였다.

뻐걱!

다음 순간 그녀의 강맹한 일장이 무가내의 가슴 한복판에 고스란히 적중됐다.

허공을 붕 날아가는 무가내의 얼굴에는 불신과 의아함이 가득 떠올라 있었다.

'어째서 염안마령술에 제압되지 않은 거지?

오직 그 생각뿐이었다.

"아앗!"

은예상의 날카롭고도 다급한 비명 소리가 실내를 뒤흔들었다.

금강불괴지신인 무가내는 적멸가인의 일장에 적중됐지만 추호도 내상을 입지 않았으며 고통조차도 느끼지 않았다.

단지 예상치 못했던 일장에 튕겨져 날아가면서 속이 약간 울렁거리는 느낌을 받았을 뿐이다.

우지끈!

그는 이 장쯤 날아가 탁자와 의자들을 박살 내며 바닥에 나뒹굴면서도 오직 어째서 적멸가인이 염안마령술에 제압되지 않았는지에 대해서만 궁금하게 생각했다.

그가 아무렇지도 않게 일어나려고 하는데 그때 강조의 다급한 전음이 들렸다.

"주군! 그대로 누워 계십시오!"

무가내는 강조가 왜 그런 주문을 하는지 즉시 알아차렸다.

그는 현재 부잣집의 허약한 공자이므로 그에 걸맞게 행동을 해야 하는 것이다.

"으윽!"

그래서 조금 일어나는 체하다가 펄썩 쓰러지며 고통스러운 신음까지 흘렸다.

얼굴도 창백하게 하는 것이 좋을 것 같아서 슬쩍 공력을 일으켜서 겉으로 드러난 얼굴과 목, 두 손에서 핏기가 싹 사라지게 만들었다.

그 순간 강조를 제외한 다섯 명의 무적전사가 동시에 어깨의 검을 잡으면서 뛰쳐나가려는 자세를 취했다.

"멈춰라!"

순간 강조의 전음이 다섯 명의 고막을 강하게 때렸다.

강조는 다섯 명을 쓸어보면서 빠른 어조로 전음을 이었다.

"우리의 임무를 잊었느냐? 우린 삼류 호위무사다!"

그제야 다섯 명은 자신들이 순간적으로 흥분해서 본분을 망각했음을 깨달았다.

만약 강조의 외침이 찰나만 늦었더라도 다섯 명은 진짜 실력을 내비쳤을 테고, 정협맹 고수들은 결코 그것을 놓치지 않았을 것이다.

무가내가 망칠 뻔한 일을 강조가 어렵사리 지킨 셈이다.

"풍 랑!"

그때 은예상이 다급하게 외치면서 쓰러져 있는 무가내를 향해 달려들었다.

그녀는 무가내가 안색이 창백하여 혼절한 것을 발견하고 소스라치게 놀라 그를 부둥켜안으며 외쳤다.

"풍 랑! 정신 차려요!"

그녀는 창졸간에 벌어진 일 때문에 무가내가 금강불괴지신이라는 사실을 깜빡 잊고 있었다. 그만큼 무가내의 연기는 일품이었다.

그러나 강조와 무적전사들은 무가내가 연기를 하고 있다는 사실을 짐작할 수 있었다.

은예상이 바닥에 퍼질러 앉아서 무가내의 상체를 끌어안고 슬프게 흐느끼는 모습은 적멸가인과 정협맹 고수들을 난처하게 만들었다.

은비전검 하승인이 약간 책망하는 표정으로 적멸가인을 슬쩍 나무랐다.

그렇지 않아도 자신이 좀 심했다는 생각을 하고 있던 적멸가인은 쓸쓸함을 감추지 못하면서 어떻게 해야 할지 잠시 망설이고 있었다.

다섯 명의 무적전사는 강조를 쳐다보았다. 그에게 어떻게 할 것인지 의견을 묻는 것이었다.

지금은 다 같은 무적전사지만, 강조는 한때 혈마곡주의 신분이었다.

또한 그는 사십대 초반의 나이로 강호의 경험이 풍부하고 생각이 깊으며 진중한 성격이라서, 은연중에 무적전사들이 그를 맏형처럼 의지하고 있었다.

하지만 그것은 무적이전사를 비롯한 무적전사들의 순위가 가려지기 전까지뿐일 것이다.

순위가 정해지면, 순위 아래 경험도, 진중함도, 성격도 다 묻혀 버리고 말 터이다.

"삼류 호위무사답게 행동하면 된다."

이윽고 강조가 무적전사들에게 다시 한 번 주의를 준 후 정협맹 고수들을 향해 걸어갔다.

그러자 다섯 무적전사가 우르르 떼 지어 그 뒤를 따랐다. 그들은 삼류 호위무사처럼 보이게 하려고 애썼다.

강조는 정협맹 고수들의 서너 걸음 앞에서 멈춰서 무가내를 가리키며 적멸가인에게 항의했다.

"우리 공자께서 뭘 얼마나 잘못했다고 그를 죽인 것이오?"

죽였다는 말에 적멸가인은 은예상의 품에 안겨 있는 무가내를 쳐다보았다.

조금 전보다 안색이 한층 더 창백해진 무가내는 마침 입가로 가느다란 핏물까지 흘려내고 있어서 영락없는 시체의 모습이었다.

차차창!

다섯 명의 무적전사는 강조의 뒤에 나란히 서서 일제히 검을 뽑아 적멸가인과 정협맹 고수들을 향해 찌르는 시늉을 해 보이며 중구난방 소리를 질렀다.

"당장 공자를 살려내지 않으면 후회하게 만들어줄 테다!"

"함부로 살인을 했으니 너희들도 죽어봐라!"

"덤벼라! 모조리 황천으로 보내주겠다!"

그 모습은 마을의 개들이 꼬리를 감춘 채 겁에 질려 짖어대는 것과 흡사했다.

그러나 정협맹 고수들은 외눈 하나 까딱하지 않았다.

슥—

그때 은비전검 하승인이 일어섰다.

그것을 신호로 정협맹 고수들도 따라 일어섰다.

적멸가인의 얼굴에 갈등의 기색이 스쳤다.

이윽고 하승인과 정협맹 고수들이 바닥을 울리면서 계단 쪽으로 걸어가기 시작했다.

그러자 적멸가인은 가벼운 한숨을 내쉬면서 고개를 가로 젓더니 그들을 따라서 계단으로 걸어갔다.

강조와 무적전사들은 검을 움켜쥔 채 복잡한 표정으로 그들을 쏘아보았다.

그들은 더 이상 삼류 호위무사 흉내를 내지 않았다.

그럴 기분이 아니었다.

만약 이 상황이 실제였다면, 사람을 죽이고서도 사과의 말 한마디조차 없이 가버리는 정협맹 고수들을 어떻게 해야 할 것인지에 대해서 생각하고 있었다.

그때 무가내를 부둥켜안은 채 흐느끼고 있던 은예상이 적멸가인을 쏘아보면서 날카롭게 외쳤다.

"살인자!"

적멸가인의 걸음이 뚝 멈추었다.

그녀가 돌아보자 은예상은 한 서린 표정으로 그녀를 쏘아보며 독기를 품어냈다.

"이분이 너에게 실수를 한 것은 사실이지만, 그것이 과연 죽어야 할 정도의 죄였더냐?"

적멸가인은 굳은 얼굴로 대답하지 못했다. 그녀의 성격이 싸늘하고 냉혹한 것은 본인의 일이지, 그것이 강호의 상식은 아닌 것이다.

또한 그녀는 명문대파 출신이고 정협맹주의 제자로서 오늘날까지 반듯한 교육만을 받아왔었다.

그녀는 지금껏 많은 사람을 죽였지만 그들은 전부 쟁쟁한 무림 고수들이었다.

지금 저기에 죽어 있는 힘없는 부잣집 공자 같은 자가 아닌 것이다.

그러므로 이것은 명백한 실수였다.

은예상의 말처럼, 무가내가 적멸가인의 머리와 뺨을 만진 것은 잘못이지만 그렇다고 죽어야 할 정도는 아니었다.

"너는 지금 나를 죽여야 할 것이다! 죽이지 않으면 언젠가는 반드시 내 손으로 너를 죽이고 말겠다!"

은예상은 처절하게 원한을 퍼부었다.

그녀는 진심이었다. 무가내가 죽었다고 믿고 있기 때문에 하늘이 무너지는 슬픔을 원한으로 바꾸어 저주를 퍼붓고 있는 것이다.

적멸가인은 잠시 은예상을 쳐다보더니 이윽고 걸음을 옮겨 그녀에게 다가갔다.

강조와 무적전사들은 즉시 적멸가인의 앞을 막아서며 그녀에게 검을 겨누었다. 그녀가 은예상을 죽일지도 모른다고 생각한 것이다.

만약 적멸가인이 은예상을 죽이려고 한다면 무가내가 가만히 지켜볼 리가 없을 테지만, 강조 등은 단지 호위무사의 소임을 다할 뿐이었다.

적멸가인은 가볍게 손을 저었다.

"비켜라. 내가 저 사람의 상태를 한번 살펴보려는 것뿐이다."

맑으면서도 카랑카랑한 목소리였다. 목소리에서도 여간내기가 아니라는 기운이 풀풀 풍겼다.

"물러나라."

그때 무적전사들의 귀에 무가내의 조용한 전음이 전해졌다.

그들은 지체없이 물러섰다.

사박사박.

적멸가인은 걸음을 옮겨 은예상 앞에 멈췄다가 한쪽 무릎을 끓고 앉았다.

두 여자.

천하제일미와 무림제일미가 두 자 거리에서 같은 높이로 얼굴을 마주하고 있었다.

은예상은 적멸가인을 보면서 오직 한 가지 생각, 살심밖에 느끼지 못했다.

그녀는 이를 악물고 눈빛으로 적멸가인을 죽일 것처럼 무섭게 쏘아보았다.

적멸가인은 이처럼 가까이에서 은예상을 보고는 더욱 아름답다는 생각을 했다.

그녀는 약간 한숨이 섞인 목소리로 조용히 입을 열었다.

"내가 이 사람을 잠시 살펴봐도 될까요?"

은예상은 입술을 꼭 깨문 채 대답하지 않았다.

적멸가인은 은예상의 대답을 잠시 기다리다가 이윽고 섬섬옥수를 뻗어 무가내의 왼손 손목을 잡고 맥을 짚어보았다.

무가내는 적멸가인이 걸어오고 있을 때 이미 심장박동과 맥박을 아주 미약하게 만들어놓고는 그녀가 어떻게 하는지 두고 보자는 심보로 느긋하게 기다리고 있었다.

적멸가인의 손은 눈빛이나 표정보다 더욱 차가웠다.

잠시 맥을 짚고 있던 적멸가인은 무가내가 죽지 않았으며 맥과 심장박동이 미약하게나마 뛰고 있음을 감지했다.

그런 사실을 알았으면 조금 다행스런 표정을 지을 만도 한데, 그녀의 냉담한 표정은 변함이 없었다.

그녀는 은예상을 보며 억양의 높낮이 없는 건조한 목소리로 나직이 중얼거렸다.

"이 사람은 죽지 않았어요."

은예상은 눈을 동그랗게 뜨며 반신반의하는 표정을 지었다.

"내가 이 사람에게 진기를 주입시켜 보겠어요."

적멸가인은 말을 끝내자마자 공력을 일으켜서 무가내의 손목을 통해 한줄기 진기를 주입시키기 시작했다.

그녀는 의술에도 약간의 조예가 있기 때문에 진기로써 무가내의 내상을 치료해 줄 생각이었다.

그녀가 무가내를 진맥해 본 결과 소생할 가능성은 희박할 것 같았다.

그래도 그를 치료해 보려는 것은 순전히 은예상 때문이었다.

은예상처럼 아름다운 여자가 너무도 슬퍼하고 또 적멸가인 자신에게 원한을 퍼붓는 것이 마음에 쓰였던 것이다.

이유는 단지 그것뿐이었다.

무가내에게는 추호의 동정심도 없었다. 아니, 오히려 죽어버렸으면 좋겠다는 생각이었다.

치료를 해서 무가내가 살아나면 다행이고, 죽어버린다고
해도 어쩔 수 없는 일이다.

은예상에게는 안된 일이지만, 적멸가인이 할 수 있는 일은
거기까지 뿐이었다.

지금도 적멸가인은 평소에 하지 않던 행동을 하고 있었다.

평소의 그녀라면 이런 일에는 외눈 하나 까딱하지 않았을
것이다.

무가내는 한줄기 서늘한 기운이 손목을 통해서 흘러드는
것을 느꼈다.

그녀의 진기는 마치 겨우내 꽁꽁 얼었던 계류가 녹아서 처
음 흐르는 것처럼 차디찼다.

그녀는 모든 것이 차가운 여자였다.

무가내는 그녀의 차가운 진기가 손목을 통해서 스며들자
매우 상쾌한 느낌이 들었다.

그는 원래 언제든지 상쾌한 기분을 유지하고 있지만, 그녀
의 진기가 전해주는 상쾌함은 조금 다른 것이었다.

그때 그는 상쾌함에도 다른 종류가 있다는 사실을 처음 알
게 되었다.

가만히 있던 무가내는 문득 적멸가인이 염안마령술에 제
압되지 않았다는 사실을 떠올렸다.

그렇다면 나중을 위해서라도 다른 방법으로 그녀를 꼭 제
압해 둘 필요가 있었다.

그러면서 적멸가인의 차가운 진기를 조금 나누어 갖고 싶다는 생각이 들었다.

이따금 그녀의 상쾌함을 느껴보는 것도 나쁘지 않을 것이라는 생각이었다.

그 대신 자신의 진기를 그녀에게 조금 주입시켜 줄 생각이다.

그녀의 진기를 빼앗기 때문에 미안해서 자신의 진기를 주려는 것이 아니다.

이것은 염안마령술을 대신해서 그녀를 제압할 수 있는 또 다른 방법이었다.

무가내는 적멸가인이 염안마령술에 제압당하지 않았음을 분명히 깨달았다.

어째서 제압되지 않은 것인지는 알 수 없지만, 지금은 그것으로 골몰할 때가 아니었다.

무가내는 적멸가인이 눈치 채지 못하게 공력을 일으켜서 자신의 내장이 엉망으로 뒤틀리고 장기가 몇 개쯤 터져 버린 것처럼 진맥하도록 만들어놓았다.

다른 사람의 모습으로든, 여자로도 마음대로 변할 수 있는 이체변화비술을 자유자재로 사용하는 그에게 그까짓 것은 식은 죽 먹기였다.

무가내는 눈을 뜨고 적멸가인이 어떻게 하고 있는지 보고 싶은 것을 꾹 참고 있었다.

염안마령술에도 제압되지 않은 여자다. 결코 호락호락한 여자가 아니라는 생각이 든 것이다.

적멸가인은 아예 바닥에 책상다리를 하고 앉아서 본격적으로 치료를 시작했다.

하승인과 정협맹 고수들은 계단 입구에 모여 서서 지켜보며 기다리고 있었다.

그들은 그녀의 결정을 존중해 주고 있는 것이었다.

은예상은 적멸가인이 무가내를 치료하고 있는 동안 약간 정신을 수습할 수 있었다.

그녀는 무가내가 이런 상황에 처했는데도 무적전사들이 태연한 것을 그제야 깨달았다.

그래서 무가내가 금강불괴지신이라는 사실까지도 비로소 기억해 냈다.

그녀는 자신이 가장 믿고 신임하는 석중명을 바라보았다. 전음을 할 줄 모르기 때문에 눈빛으로 그에게 물었다.

석중명은 그녀에게 즉시 전음을 보냈다.

"주모, 주군은 단지 돌아가신 척하고 계신 것입니다."

"아……."

그녀는 너무도 다행이라는 생각에 자신도 모르게 나직한 탄성을 토해냈다.

하지만 적멸가인은 치료에 열중해 있느라 별달리 신경 쓰지 않았다.

그때 그녀의 안색이 가볍게 변했다.

자신의 공력이 느닷없이 무엇엔가 쭉 빨려 들어가는 듯한 느낌을 받은 것이다.

움찔 놀라서 급히 공력을 회수하려고 했지만 뜻대로 되지 않았다.

무가내의 내상을 치료하고 있던 공력뿐만 아니라 그녀의 체내에서도 공력이 줄줄이 빠져나가고 있었다.

'이게 도대체……'

당황한 그녀가 급히 무가내의 손목을 놓으려고 하는 순간, 빠져나갔던 공력이 다시 회수되기 시작했다.

그리고 곧 모든 것이 정상으로 돌아왔다. 운공을 해보니 이 갑자 반, 백오십 년 공력이 그대로 있었다.

그녀는 방금 전에 어째서 그런 현상이 일어났는지 이해할 수 없었지만, 정상으로 돌아온 이상 그다지 신경을 쓸 필요가 없다고 생각했다.

그녀는 반 각 정도 진지한 자세로 무가내를 치료하다가 일어섰다.

무가내의 내상이 조금 나아지고 터진 장기도 임시방편으로 봉합을 시켰다고 판단한 것이다.

그러나 그것 역시 순전히 무가내의 수작이었다.

일부러 내장을 이탈시키고 장기를 터진 것처럼 보이게 만든 그가 다시 제자리로 갖다 놓는 것쯤 못하겠는가.

일어선 적멸가인은 아직 앉아서 무가내의 상체를 안고 있는 은예상을 굽어보며 조용히 입을 열었다.

"내상을 치료했으니 집으로 데려가서 의원에게 계속 치료를 받게 하면 별일은 없을 거예요."

은예상은 조금 전에 무가내가 죽은 줄 알고 적멸가인에게 저주를 퍼부었던 것이 생각나서 가만히 있었다.

하지만 적멸가인에게 미안하다고 사과하고 싶은 마음은 조금도 없었다.

그녀가 다짜고짜 무가내에게 일장을 가격한 것은 용서할 수 없는 일이기 때문이었다.

적멸가인은 허리를 펴고 꼿꼿한 자세로 말을 이었다.

"나는 정협맹의 한정(韓貞)이라고 해요. 언제든 복수하고 싶으면 날 찾아와도 좋아요."

그녀는 그 말을 끝으로 몸을 돌려 걸어가서 정협맹 고수들과 합류하여 계단을 내려갔다.

第四十二章
전사이체령(專使以體靈)

주루 이층에는 적막이 찾아들었다. 아무도 움직이지 않았고 입도 열지 않았다.

원래는 주루를 나가고 있는 정협맹 고수들이 듣고 있을 것이기 때문에 강조 등은 삼류 호위무사답게 한바탕 소란을 피우면서 허둥거려야 마땅하다.

그렇지만 이곳에 있는 어느 누구도 그런 가벼운 성격이 아니라서 그저 침묵을 지키고 있을 뿐이었다.

잠시 후 무가내가 마치 중상을 입었다가 깨어나는 사람처럼 살며시 눈을 떴다.

은예상은 그가 원망스럽기도 할 텐데 조금도 그런 내색 없이 그의 뺨을 어루만지면서 눈물을 글썽였다.

"당신, 괜찮아요?"

한없이 여리기만 한 그녀는 조금 전의 그 난리가 거짓이었다는 사실을 알면서도 아직 충격에서 완전히 벗어나지 못한 것 같았다.

무가내는 그녀에게 안긴 채 손을 뻗어 은예상의 뺨을 부드럽게 어루만졌다.

"상아를 놔두고 나 먼저 죽는 일은 없을 거야."

이어서 그는 즉시 창 쪽으로 쪼르르 다가갔다.

저만치 대로상에 정협맹 고수들이 무리 지어서 걸어가고 있는 모습이 보였다.

그들 중에 적멸가인의 늘씬한 뒷모습을 바라보는 무가내의 입가에 한줄기 장난스런 미소가 떠올랐다.

'어디, 전사이체령(專使以體靈)이 제대로 주입됐는지 한번 시험해 볼까?'

전사이체령은 빙염이 가르쳐 준 상승의 요마비술로써 조금 전에 무가내가 자신의 공력을 적멸가인 체내에 몰래 주입시킨 것을 말한다.

그는 곧 일어날 재미있는 일을 한껏 기대하면서 슬쩍 공력을 끌어올려 전사이체령의 구결을 외웠다.

이어서 오른손으로 한차례 적멸가인을 가리키고 나서 곧 거두어 느긋하게 팔짱을 꼈다.

그녀를 가리킨 것은 그녀 체내에 주입시켜 놓은 공력을 일깨우려는 것이었다.

일단 일깨워 놓으면 그때부터는 무가내의 체내에서 공력을 운용하는 대로 적멸가인 체내에 주입시킨 공력을 자유자재로 부릴 수가 있다.

그는 적멸가인이 염안마령술에 제압되지 않은 것을 보고 혹시 전사이체령도 먹히지 않는 것일까 조금쯤은 염려를 하고 있었다.

사실 염안마령술은 두 가지 경우에 먹혀들지 않는다.

당연한 일이지만, 우선 시술자보다 상대의 공력이 높으면 안 된다.

그리고 상대가 연공한 심법이나 신공의 종류가 불가나 도가의 정심한 종류이면서 심후한 공력을 지니고 있으면 불가능하다.

그런데 적멸가인은 후자의 경우였다.

원래 그녀는 아미파 장문인의 제자였다가 정협맹주 태무천의 눈에 띄어 그의 제자로 발탁됐었다.

그녀는 아미파의 대정선공(大靜禪功)을 연공했으며, 이 갑자 반, 백오십 년의 공력을 지녔기 때문에 염안마령술에 제압되지 않았던 것이다.

지금 무가내와 적멸가인의 거리는 대략 사십여 장 정도였다.

그는 적멸가인 체내에 있는 자신의 공력을 유도하여 서서히 그녀의 상체 쪽으로 끌어올렸다.

그녀에게 주입한 공력은 그가 지닌 공력의 채 일 푼에도 미치지 못한다.

하지만 전사이체령이 성공했다면, 그 일 푼도 안 되는 공력이 큰일을 하게 될 것이다.

적멸가인은 은예상의 울부짖던 모습이 머리에서 좀처럼 떠나지 않았다.

그처럼 아름답고 고결한 여자가 어째서 그런 파락호 같은 놈에게 전전긍긍하고 있는 것인지 은근히 속이 상했다.

'남의 일이다. 신경 쓰지 말자.'

이윽고 그녀는 가볍게 고개를 흔들어 주루에서 있었던 일을 떨쳐 버렸다.

그때 문득 그녀는 누군가 자신의 오른쪽 어깨에 손을 얹은 듯한 느낌을 받았다.

재빨리 돌아봤지만 아무도 없고, 그녀의 어깨에는 손은커녕 낙엽 하나 얹혀 있지 않았다.

그런데도 그 느낌은 사라지지 않고 그대로 어깨 위에 남아 있었다.

'이게 무슨……'

그녀가 가볍게 놀라고 있을 때, 어깨 위의 그 느낌이 슬금

슬금 움직이기 시작했다.

구렁이 담 넘듯이 어깨를 넘어 가슴으로 스르르 미끄러져 내리고 있는 것이다.

그녀가 어떻게 해볼 새도 없이 그 느낌은 탐스럽고 봉긋한 오른쪽 젖가슴을 덮어버렸다.

"……."

그것은 마치 사람의 손이 그녀의 젖가슴을 한 손 가득 가볍게 움켜잡고 있는 듯한 느낌이었다.

그녀는 놀라서 눈을 크게 뜨고 자신의 젖가슴을 굽어보았지만 손 같은 것은커녕 그 비슷한 것조차 없었다.

그때 젖가슴을 움켜잡고 있던 무형의 손이 움직이기 시작했다.

젖가슴을 주무르기 시작한 것이다.

처음에는 부드러운 듯하더니 곧 떡 주무르듯이 마구 주물러 대고 있었다.

'이… 이런……'

적멸가인의 얼굴이 해쓱하게 변했다.

너무 놀라고 어이가 없어서 입술을 약간 벌린 채 자신의 가슴을 내려다보았다.

그녀는 자신이 지금 꿈을 꾸고 있던가 아니면 무엇엔가 홀렸을 것이라고 생각했다.

그렇지 않고는 백주의 거리 한복판에서 이런 일이 일어날 수가 없었다.

자신의 가슴을 빤히 내려다봤지만 겉으로 보기에는 아무런 변화도 없었다.

떡 주무르듯 하기는커녕 언제나처럼 봉긋하고 아름답기만 한 유방이 거기에 얌전하게 솟아 있을 뿐이었다.

그렇다면 지금 그녀가 느끼고 있는 이 느낌은 대체 무엇이란 말인가?

그녀의 걸음이 약간 비틀거려졌다.

함께 걷던 정협맹 고수들이 의아한 표정으로 그녀를 쳐다보았지만, 그녀는 그들까지 신경 쓸 경황이 없었다.

그때 보이지 않는 무형의 손이 뚝 멈추었다.

적멸가인은 아연 바짝 긴장했다.

보이지 않는 무형의 손이 이대로 사라진 것인지, 아니면 계속 자신을 농락할 것인지 입 안의 침이 다 바싹 말랐다.

"……."

문득 적멸가인은 오른쪽 젖가슴 유두, 즉 젖꼭지에 이상한 느낌을 받았다.

무엇인가 집게 같은 것이 유두를 가볍게 살짝 잡은 것 같은 느낌이었다.

간지러움하고는 차원이 다른, 등골이 찌릿찌릿하고 모골이 송연한 전율이 유두에서 시작되어 삽시간에 온몸으로 퍼지더니 온 신경을 잔물결처럼 넘실거렸다.

무형의 손, 아니, 손가락 두 개가 유두를 잡고 제멋대로 유린하고 있는 것이었다.

'아아…….'

이상한 기분이 정수리에서 발끝까지 스멀거렸다.

하지만 절대 좋은 기분은 아니었다. 오히려 젖가슴을 잘라내 버리고 싶은 그런 더러운 기분이었다.

"소저, 왜 그러십니까?"

이상한 얼굴로 지켜보던 정협맹 고수 한 명이 참지 못하고 조심스럽게 물었다.

그러나 적멸가인은 대답 대신 갑자기 뾰족한 비명을 날카롭게 터뜨렸다.

"악!"

무형의 손이 유두를 비비다가 느닷없이 세게 비틀어 버린 것이었다.

너무 아파서 적멸가인의 두 눈에서 자신의 뜻과는 상관없이 눈물이 찔끔 흘러나왔다.

'헤헤, 이번에는 운홀우황지 수법을 써볼까?'

무가내는 점점 신이 나서 속으로 중얼거렸다.

그는 팔짱을 끼고 있었지만 전사이체령으로 적멸가인의 체내에 주입시킨 한 푼어치도 안 되는 공력을 자유자재로 움직여서 방금 그녀의 젖꼭지를 힘껏 비틀었다.

그녀의 젖가슴을 만지고 유두를 비트는 느낌은 너무도 생생하게 그의 손에 전해졌다.

그녀가 대로 한복판에서 지른 날카로운 비명 소리는 무가내 뒤에 죽 늘어서 있는 사람들 귀에까지 똑똑하게 들렸다.

은예상과 무적전사들은 적멸가인이 갑자기 왜 멈춰서 비명을 질렀는지 이유를 알지 못했다.

그렇지만 무가내가 팔짱을 낀 채 혼자 히죽히죽 웃고 있는 것으로 미루어, 그가 적멸가인에게 무슨 술수를 부렸을지도 모른다는 추측을 할 뿐이었다.

적멸가인은 오른쪽 유두가 떨어져 나가는 듯한 아픔을 맛보고 그 자리에 멈춰 섰다.

너무 아파서 젖가슴을 끌어안고 주저앉고 싶은 것을 간신히 참고 있었다.

유두는 여자에게 중요한 성감대지만 치명적인 급소이기도 하기 때문에 충격이 가해지면 중상을 입거나 심할 경우에는 죽을 수도 있다.

하지만 그것은 유두를 찔렀을 경우고, 지금처럼 비틀렸을 때에는 온몸에 힘이 빠지고 정신이 아득해지는 정도의 극심한 충격에 빠지고 만다.

스으으.

그때 유두를 비틀었던 무형의 손이 젖가슴을 떠나 아래쪽으로 미끄러져 내렸다.

마치 사내의 커다란 손이 훑듯이 젖가슴과 복부를 어루만지며 쓰다듬더니 급기야 단전 아래 속곳 속으로 쑥 파고드는 것이 아닌가.

적멸가인은 머릿속이 하얗게 탈색되었다.

방금 유두를 비틀었던 것처럼, 무형의 손이 속곳 속에서 괴이한 짓이라도 한다면…….

그런 예상을 하자 하늘이 무너지고 딛고 선 땅이 끝없이 아래로 꺼지는 것만 같았다.

'감히!'

순간 그녀는 아미를 상큼 찌푸리더니 그 자리에 가부좌의 자세로 주저앉았다.

운공조식으로 이 해괴한 일을 물리쳐 보려는 것이었다.

그녀가 현 내의 복잡한 대로 한복판에 가부좌를 틀고 앉자 은비전검 하승인을 제외한 세 명의 중대주들이 민첩하게 그녀를 둘러싸며 호위를 했다.

그녀에게 무슨 일이 벌어졌다고 판단을 하여 보호하려는 것이었다.

행인들은 무슨 일인가 싶어서 걸음을 멈추고 기웃거렸지만, 인의 벽[人壁]을 쌓은 중대주들의 살벌한 모습 때문에 가까이 접근하기는커녕 쳐다보는 것마저도 겁내는 모습이었다.

적멸가인은 아미파의 대정선공과 태무천의 신공절학인 건곤무상공(乾坤無上功) 두 가지를 익혔다.

그녀는 우선 대정선공을 일으켜 운공을 시작했다.

무형의 손이 '사악한 기운'이라고 판단하여 불문의 선공으로 물리치려는 생각이었다.

백오십 년 공력을 전부 끌어올려 운공하여 이미 속곳 속에 들어가 있는 무형의 손을 공격해 갔다.

무형의 손이 멈칫했다.

그러자 적멸가인은 운공으로 무형의 손을 퇴치할 수 있을 것이라는 자신감이 생겼다.

무형의 손은 그녀의 속곳 속 무성한 숲 위를 덮은 상태에서 가만히 멈춰 있는 상태였다.

이제 그것을 붙잡아 해체를 하던가, 아니면 모공을 통해서 몸 밖으로 배출을 시키면 될 것이라고 그녀는 생각했다.

그녀의 백오십 년 공력이 무형의 손을 에워싼 상태에서 막 공격하려는 순간, 그것이 스르르 아래쪽으로 미끄러져 내리기 시작했다.

급히 붙잡으려고 했으나 무형의 손은 끄떡도 하지 않고 거침없이 그녀의 가장 은밀한 곳에 이르렀다.

크게 놀란 적멸가인은 전력으로 무형의 손을 물리치려고 애를 썼지만 요지부동이었다.

그때 무형의 손이 그녀의 옥문을 슬슬 쓰다듬기 시작했다.

그것은 정말 누군가가 정말로 손을 그녀의 속곳 속으로 집어넣어 만지는 것처럼 생생했다.

'아아…….'

적멸가인은 절망했다.

그녀는 평소 일신에 지니고 있는 무공에 대단한 자부심을 갖고 있었다.

그렇지만 지금은 한낱 사악한 무형의 손조차도 물리치지 못할 정도로 무력하다는 사실을 절감하고 있었다.

무형의 손은 거침없이 그녀의 옥문을 유린했다.

기이한 기분이 그녀의 옥문에서 시작되어 삽시간에 온몸으로 퍼져 나갔다.

그렇지만 그것은 결코 흥분이나 쾌감 따위가 아니었다.

더러운, 오장육부를 다 토해내고 싶을 정도로 역겨운 기분이었다.

여자의 가장 은밀한 부위인 옥문은 성감대의 집합체다.

그곳을 만지면 어떤 여자라도 쾌감과 흥분을 느낄 수밖에 없는 것이다.

적멸가인도 여자다. 그래서 그녀 역시 쾌감과 흥분을 느낄 수밖에 없었다.

그래서 그녀는 더욱 역겨운 것이다. 자신의 의지가 아닌, 사악한 기운으로 인해서 쾌감과 흥분을 느끼는 자신의 추잡한 몸뚱이를 갈가리 찢어발기고 싶었다.

그녀는 전력을, 아니, 사력을 다해 무형의 손에 맞섰다.

이제는 운공조식이 아니라 자신의 백오십 년 공력 전부를 옥문 쪽으로 이끌어 죽기 살기로 무형의 손을 물리치려는 것이었다.

'요것 봐라?

무가내는 적멸가인이 기를 쓰고 무형의 손, 즉 전사기(專使氣)에 대적하는 것을 느끼고 공력을 칠성까지 끌어올렸다.

그의 칠성 공력은 이백십 년에 해당한다. 그러므로 적멸가인의 백오십 년 공력이 당해낼 리가 없다.

'계집애가 어딜 감히······.'

그는 적멸가인의 백오십 년 공력을 여유있게 뿌리치고 슬슬 그녀의 옥문을 쓰다듬으며 주유했다.

사실 그는 여자의 옥문에 환장한 사람이 아니다.

단지 평소에 은예상이 옥문을 만져 주기만 하면 정신을 잃을 정도로 흥분하는 모습을 봐왔던 터라, 예쁜 여자만 보면 괜히 그렇게 해주고 싶은 마음이 생기는 것뿐이었다.

사실 무형의 손, 전사기는 그의 손이나 다름이 없기 때문에 팔짱을 끼고 있는 그의 오른손에 적멸가인의 옥문의 느낌이 고스란히 전해졌다.

은예상의 것이나 자미룡하고는 또 다른 느낌이었다.

뭐라고 꼬집어서 설명할 수는 없지만, 세 여자의 느낌은 제

각각 다른 것 같았다.

한 가지 분명한 사실은, 적멸가인의 옥문은 그녀의 성격이나 공력처럼 결코 차갑지 않다는 것이었다.

은예상과 무적전사들은 호위하고 있는 정협맹 중대주들 때문에 보이지 않게 된 적멸가인 쪽을 주시하면서 궁금한 표정을 짓고 있었다.

"소저!"

"앗! 왜 그러십니까? 소저!"

그때 적멸가인 주위를 에워싼 중대주들이 크게 놀라 분분히 소리를 질렀다.

갑자기 적멸가인이 입에서 울컥울컥 피를 토해내고 있는 것을 발견했기 때문이다.

그녀는 도에 지나친 공력의 운용으로 주화입마에 들기 시작한 것이다.

그런데도 그녀는 전사기를 몰아내는 것을 멈추지 않았다.

입에서 피를 울컥울컥 토해내면서도 기를 쓰고 대항했다.

수치를 당할 바에는 차라리 싸우다가 죽겠다는 각오였다.

그녀의 상체가 크게 흔들렸으며, 이제는 코와 귀에서도 피가 쏟아져 나오기 시작했다.

'어?'

당황한 중대주들 사이로 적멸가인의 모습을 발견한 무가내는 가볍게 표정이 변해서 즉시 공력을 거두었다.

그러자 적멸가인의 상체가 스르르 뒤로 쓰러지듯 눕는 것이 보였다.

또한 그녀의 입과 코, 귀에서 흘러나온 피가 금세 땅바닥을 붉게 물들이는 것도 보였다.

순간 무가내는 어이없다는 표정을 지었다.

그녀가 죽기를 각오하고 전사기를 몰아내려 했었다는 사실을 깨달은 것이다.

'그게 죽을 만큼 싫다는 거야?

그는 속으로 중얼거리면서 알 수 없다는 표정을 지었다.

옥문을 만질 경우 은예상은 어쩔 줄 몰라 쩔쩔매면서도 쾌감과 흥분에 몸을 떨었다.

그리고 자미룡의 경우에는 더 분명했다. 그녀는 그것을 미칠 듯이 즐겼고 또 좋아했다.

그런데 적멸가인은 달랐다.

달라도 극명하게 달랐다. 그녀는 죽는 것보다 더 싫어하는 것이 분명했다.

무가내는 비로소 옥문을 애무하는 것을 죽기보다 싫어하는 여자도 있다는 사실을 깨달았다.

"주군."

그때 무가내 뒤에서 균현의 공손한 음성이 들려왔다.

　무가내가 돌아보자 언제 왔는지 균현이 그를 향해서 깊숙이 허리를 굽히고 있었다.

　무가내는 다시 적멸가인을 쳐다보았다.

　은비전검 하승인이 그녀를 앉힌 후 그 뒤에 앉아서 등 뒤에 장심을 밀착시키는 광경이 보였다.

　공력을 주입시켜서 그녀의 주화입마를 막으려는 것이었다.

　무가내는 허공을 격하여 적멸가인에게 주입했던 자신의 칠성 공력을 거두었다.

　그렇지만 전사이체령의 한 푼의 공력, 즉 전사기는 여전히 그녀의 체내에 남겨두었다.

　적멸가인이 방금 보여준 행동은 무가내에게 어떤 풀리지 않는 숙제로 남았다.

　"무슨 일인가?"

　"보고드릴 일이 있습니다."

　무가내의 물음에 균현은 더욱 깊숙이 허리를 굽혔다.

　일행은 큰 방을 빌려 모두 들어갔다.

　무가내가 주위에 호신막을 친다면 말이 한마디도 새어나가지 않도록 할 수 있지만, 그렇다고 보는 사람의 시선까지 가릴 수는 없기 때문이었다.

　무가내와 은예상이 의자에 나란히 앉았고, 그 앞에 균현이 혼자 섰으며, 양쪽에는 여섯 명의 무적전사가 각 세 명씩 늘어서 있었다.

균현은 무가내를 바라보며 자못 긴장된 얼굴로 입을 열었다.

"주군, 중원삼십육태두 중 한 명이며 별유십오인(別有十五人) 중 한 명인 자를 찾아냈습니다."

순간 무가내의 얼굴에 생기가 피어났다.

"그래? 누구지?"

균현은 대파산 오운정 별유선당에서 대마종과 사대종사를 함정에 빠뜨리고 협공했던 열다섯 명을 임시로 '별유십오인'이라 지칭했지만 무가내는 금세 알아들었다.

"도현삼진 중 한 명인 무현 진인(武玄眞人)입니다."

'무현 진인'이라는 말에 무가내와 균현을 제외한 중인의 얼굴에 커다란 놀라움이 떠올랐다.

무현 진인은 무당파의 태상 장문인으로 현 장문인 광양자(光陽子)의 사부다.

현재의 나이가 구십오 세에 이르는 자로 당금 무림에서 최고의 배분이다.

당금 무림에는 무현 진인과 같은 배분의 인물이 다 합쳐 봐야 다섯 명 정도에 불과하다.

무림에서는 그의 일신 무공에 대해서 가타부타 추측하는 것조차도 어려워한다.

다만 당금 무림에서 가장 고강한 열 명의 고수를 꼽으라면, 결코 무현 진인을 빼놓을 수 없다고 입을 모은다.

방금 균현이 말한 인물이 바로 그 무현 진인인 것이다.

"그는 어디에 있지?"

무가내는 '그는 어떤 인물이냐'고 묻지 않고 어디에 있는지부터 물었다.

"현재 황산 우림원(羽林院)에 머물고 있습니다."

"거긴 어떤 곳이지?"

"황산은 도교의 성지 중 한 곳입니다. 무현 진인에게는 세 명의 제자가 있는데, 그중 셋째인 청송자(青松子)가 우림원주로 있습니다."

예전의 무가내 같았으면 당장 무현 진인을 죽이러 가자고 설쳤을 테지만, 지금은 상황을 요모조모 살피는 진중함을 보이고 있었다.

은예상에게 지난 오십여 일 동안 학문을 배운 것이 공염불은 아니었던 것이다.

또한 그는 병법서를 대할 때마다 '적을 공격할 때에는 어느 것이 상책이고, 또 하책인지'에 대해서 지나칠 정도로 여러 차례 기록되어 있는 것을 읽었었다.

그는 비단 그것을 읽었을 뿐 아니라 이해했기 때문에, 무현 진인을 죽이러 가기 전에 그에 대해서 자세히 알고 방법을 구상하려는 것이었다.

모두들 그런 무가내를 흐뭇한 모습으로 지켜보고 있었다.

무공만 고강했던 그가 차츰 지식을 쌓아가는 모습을 보는 것은 하나의 커다란 즐거움이었다.

그들 중에서도 가장 흐뭇한 사람은 역시 은예상이었다.

"자네가 직접 우림원에 가보았나?"

"그렇습니다."

무가내는 고개를 끄덕이면서 자세를 편안하게 잡았다.

"그렇다면 그곳에 대해서 설명해 보게."

진지한 그의 모습에서 조금 전 적멸가인에게 찝쩍거리던 망나니 같은 모습은 조금도 찾아볼 수 없었다.

균현의 설명이 길어져서 이각이 넘어가는데도 무가내는 처음이나 다름없이 진지한 표정으로 듣고 있었다.

황산 우림원에 대해서 꽤 자세하게 조사를 해온 균현의 설명은 반 시진이 지나서야 끝났다.

그가 물러났지만 무가내는 손등으로 턱을 받친 채 깊은 생각에 잠겨 있었다.

하지만 생각은 일각을 넘지 않았다. 그는 어깨를 추스르며 일어날 자세를 취했다.

그때 옆쪽에 있던 당경림이 앞으로 나서면서 조심스럽게 입을 열었다.

"주군, 저희도 보고드릴 것이 있습니다."

"응. 뭐지?"

당경림이 강조를 쳐다보자 그는 얘기하라는 듯 가볍게 고개를 끄덕여 보였다.

"일전에 무적궁에 침입했던 자들을 기억하십니까?"

"그래. 그때 잡은 세 놈을 자네들이 심문했었지?"

무가내는 당경림이 보고할 내용이 그들을 심문한 결과일 것이라고 생각했다.

"그자들을 심문한 결과입니다."

그 당시에 강조와 당경림 등은 균현이 끌고 가려던 흑의인 세 명을 중간에서 가로채 갔었다.

무적군장을 암살하려던 놈들이니까 무적전사가 심문해야 마땅하다는 것이 이유였다.

그런데 큰소리치고 데려간 세 놈이 여간 독종이 아니었다.

심문하는 데에 일가견이 있는 강조도, 사람을 고통스럽게 만드는 데 한가락한다는 기개세도 흑의인들의 입을 열게 하지는 못했다.

급기야는 오히려 흑의인 세 명 중 두 명을 덜컥 죽게 만들고 말았다.

흑의인들에게서 뭔가 쓸 만한 정보를 알아내야 하는데, 둘은 죽고 하나 남은 놈마저 목숨이 간당간당한 상태였으니, 강조 등은 피가 마를 지경이었다.

만약 그놈마저 죽는다면 무가내를 볼 면목이 없는 것이다.

그러던 중에 무가내가 무적방을 버리기로 결정하기 전날, 기적적으로 흑의인의 입이 열렸다.

그런데 그자의 입을 열게 한 사람은 갓 무적전사가 된 자미룡이었다.

그녀가 흑의인에게 사용한 방법은 잔인함으로 첫손에 꼽히는 기개세마저도 진저리를 치게 만들었다.

자미룡은 우선 커다란 기름 가마솥을 준비했다.

그녀는 벽에 기대 세워서 묶어놓은 흑의인 앞에 펄펄 끓는 기름 가마솥을 떡 갖다 놓고는, 그자의 엄지발가락 하나를 잘라 가마솥에 넣어 튀겼다.

엄지발가락이 아니라 사지가 잘라지고 목이 잘라져서 죽어도 외눈 하나 까딱하지 않을 흑의인은 그때까지만 해도 강건너 불구경하듯 했다.

이어서 자미룡은 기름 가마솥에서 빠작빠작 소리를 내며 잘 튀겨진 엄지발가락을 건져 내서 식힌 후에 묶여 있는 흑의인의 입에 쑤셔 넣어 강제로 먹였다.

흑의인이 먹지 않고 뱉어내려는 것을 자미룡은 아혈을 제압하여 두 손으로 그의 머리와 턱을 잡고는 제 이빨로 아작아작 골고루 씹게 하여 꿀꺽 삼키게 하였다.

그 광경을 보고 있던 비위가 약한 석중명과 당경림 등 몇몇 무적전사들은 비틀비틀 구석으로 걸어가서 웅크리고 앉아 토악질을 했다.

이후 자미룡은 같은 방법으로 흑의인의 발가락들을 모두 잘라 튀겨내어 그에게 먹였다.

이것은 고통의 문제가 아니었다. 정신적인 충격, 즉 정신을 황폐화시키는 고도의 기술이었다.

사람이 제 몸뚱이를 잘라 기름에 튀겨서 제 이빨로 씹어 삼킨다는 것은 있을 수 없는 일이었다.

그쯤 되면 그 누구라도 자신을 인간으로 여기지 않는다. 즉, 인간이기를 포기하는 단계에 이른다.

인간이 아니기 때문에 인간이었을 때 간직하고 있던 사명감이나 책임감 따위도 소용이 없어진다.

결국 흑의인은 자신의 양쪽 발가락 열 개를 다 튀겨 먹고, 왼손 엄지와 검지손가락 두 개를 더 먹은 후에야 눈물과 콧물, 침을 질질 흘리면서 자신이 알고 있는 모든 사실을 술술 털어놓았다.

무적전사 모두는 자미룡을 보면서 진저리를 쳤다.

그러자 자미룡은 무적전사들을 둘러보면서 간곡하게 부탁했다.

"제발 오빠한테는 내가 이랬다고 말하지 마. 알았지?"

그녀에게 빚을 진 무적전사들은 그녀의 부탁을 죽을 때까지 지켜줄 각오였다.

"그때 잠입한 백여 명은 호북성에 있는 세 개 방, 문파에서 선발된 고수들이었습니다.”

당경림의 보고에 무가내는 고개를 모로 꼬며 가볍게 코웃음을 쳤다.

“그놈들도 정협맹인가?”

그런데 당경림의 대답은 뜻밖이었다.

“아닙니다. 두 개 방파는 정협맹 소속인데 하나는 총혈계, 아니, 사마호북혈계 휘하였습니다.”

“사마호북… 그럼 사독요마란 말이야?”

의자에 몸을 묻고 있던 무가내는 어이없다는 얼굴로 상체를 일으켰다.

“그렇습니다.”

“이런……”

무가내 얼굴에 약간 어이없다는 표정이 떠올랐다.

하지만 누구보다 놀란 사람은 균현이었다.

그는 믿을 수 없다는 얼굴로 손을 뻗어 당경림의 어깨를 덥석 움켜잡으며 급히 물었다.

“그게 정말이냐? 너희가 잘못 알아낸 것이 아니냐?”

“윽……”

당경림은 균현의 억센 손아귀 힘에 얼굴을 찡그리며 나직한 신음을 흘렸다.

과거 황룡표국에서 표두 생활을 했던 당경림은 성격이 과격하거나 거칠지 못하였기에 균현의 행동에도 별달리 저항을 하지 못했다.

하지만 자미룡과 강조, 기개세, 마랑도 등은 달랐다.

"그 손 치우지 못해?"

자미룡이 당장이라도 출수할 듯 균현에게 소리쳤고,

"우린 제대로 알아냈소! 물러나시오!"

강조는 그래도 과거 상전이었던 균현에게 최소한의 예의를 갖추어 묵직하게 경고했으며,

"혈검군장! 우리하고 한번 해보겠다는 건가?"

성깔이 사나운데다 균현하고는 아무런 이해관계도 없는 기개세는 어깨의 검을 잡고 이미 균현에게 달려들고 있었다.

순간 균현은 움찔 가볍게 몸을 떨었다. 무적전사들의 기세 때문에 위축된 것이 아니다.

무가내의 얼굴이 차갑게 굳는 것을 발견했기 때문이다.

균현은 급히 당경림에게서 손을 떼고 무가내에게 공손히 허리를 굽히며 용서를 구했다.

"속하의 무례를 용서하십시오."

주군이 있는 자리에서 경망스러운 행동을 했기 때문에 용서를 구하는 것이었다.

그것을 모를 리 없는 무적전사들이다.

그들 역시 화드득 정신을 차리고 일제히 무가내를 향해 무릎을 꿇었다.

"용서하십시오, 주군."

무가내는 묵묵히 침묵을 지켰다.

은예상은 조심스럽게 바라보다가 그의 얼굴이 돌처럼 굳어 있는 것을 발견하고 깜짝 놀랐다.

언제나 허허거리면서 웃기만 하던 무가내에게서 그런 모습을 처음 보는 은예상이었다.

균현도, 무적전사들도, 예를 취하기 전에 무가내의 얼굴이 굳어 있는 것을 똑똑히 보았었다. 그래서 더욱 몸둘 바를 모르는 것이었다.

잠시의 시간이 지난 후에 무가내가 이윽고 자늑자늑 조용한 어조로 입을 열었다.

"우린 형제다. 짐승들도 형제끼리는 싸우지 않는다."

모두들 깊이 고개를 숙이고 있었지만, 무가내의 말에 고개가 더 숙여졌다.

"혈검군장, 이리 오게."

무가내의 부름에 균현은 허리를 약간 펴고 조심스럽게 그에게 다가가 앞에 섰다.

그러자 무가내가 균현의 팔을 잡고 자신의 옆으로 이끌어 서게 한 후 말문을 열었다.

"혈검군장은 무적방에서 제일 연장자다."

그 말에 고개를 숙인 균현의 가슴에 씁쓸함이 차올랐다.

그는 나이가 많다는 것을 조금도 내세우고 싶지 않았다. 헛되이 나이만 먹었다고 생각하는 그다.

그런데 무가내는 나이를 앞세워 모두에게 예의를 갖추라
고 말하려는 것 같았다.

그것이 씁쓸한 것이다.

무가내의 말이 조용하게 이어졌다.

"또한 그는 내게 스승과도 같은 사람이다."

쿵!

순간 균현은 자신의 몸속에서 무엇인가 커다랗게 폭발하
는 것을 느꼈다.

심장과 폐와 머리가 한꺼번에 터져 버렸다.

'주… 군……'

균현은 뜨거운 것이 목구멍과 두 눈으로 치밀어 오르는 것
을 느꼈다.

목구멍으로 오르는 것은 격동이고, 눈에 차오르는 것은 눈
물의 전조였다.

무가내는 사대종사마저도 사부로 인정하지 않았다. 그런
그가 균현을 '스승 같은 사람'이라고 말한 것이다.

"일개 쟁자수였던 내게 어느 날 그가 찾아왔었다."

무가내의 잔잔한 목소리는 모두의 머리와 가슴을 휩쓸면
서, 큰 소리를 내며 지나갔다.

"그리고 그가 나를 무적방주로 만들었다."

균현의 몸이 후드득 떨렸다.

사파 사도십존의 팔존이며, 사마절강혈계의 계주인 그는

나이 육십이 세가 된 지금까지 한 번도 이런 감동을 느껴본 적이 없었다.

그는 두 다리에 힘이 빠져 그 자리에 주저앉고 싶은 것을 겨우 버티고 있었다.

"혈검군장은 무적방을 만들어낸 사람이다. 그가 없었다면 너희도 없었을 것이다."

만약 무가내가 팔을 붙잡고 있지 않았으면 균현은 벌써 주저앉았을 것이다.

슥—

무가내는 일어나 균현의 팔을 잡은 채 문 쪽으로 걸어갔다.

"가세."

균현은 약간 비틀거리면서 걸으며 고개를 숙였다.

두 눈에 고여 있는 눈물을 들키지 않으려는 것이다. 그리고 고개를 들면 눈물이 흘러내릴까 봐 그러는 것이다.

자신들의 야망인 천하쟁패를 이룩한 것이 아니다.

그렇다고 사독요마가 다시 뜨겁게 부흥을 한 것도 아니다.

그런데도 그는 천하쟁패를 이룩하고 사독요마가 부흥을 한 것마냥 감격을 하고 있으며, 그 감격을 쉽사리 떨쳐 내지 못하고 있었다.

'허허, 내가 나이를 먹었는가?

나이를 먹었기 때문에 이만한 일에 감격을 하는 것이 아닌가 여긴 것이다.

하지만 곧 그는 부인했다. 이 감격은 나이하고는 전혀 상관이 없는 것이다.

이날까지 그는 사람으로 인해서 감격을 해본 적이 없었다.

또한 자신이 사람 때문에 감격을 하게 될 줄도 몰랐었다.

십오 세가 되기도 전에 사파에 몸을 담아 오늘날까지 수천 번 싸움을 치른 백전노장인 그는 목숨을 잃을 뻔한 적도 수없이 많았었다.

그러나 꿋꿋하게 일어나서 지금껏 버텨왔다.

그는 자신처럼 굴강한 사람을 무너뜨릴 수 있는 것은 시퍼런 창칼인 줄 알았었는데, 그게 아니라 감동이라는 사실을 지금에서야 처음 깨달았다.

그는 걸으면서 슬쩍 고개를 돌려 무가내를 쳐다보았다.

무가내의 모습이 더 이상 늠름하고 영준할 수가 없었다.

균현은 무언가 뜨거운 것이 가슴을 치받고 올라오는 것을 느끼면서 이 어린 주군을 위해서라면 초개처럼 목숨을 버려도 아깝지 않으리라 새삼 생각했다.

그때였다.

"알았소. 이제부터 혈검군장을 태사부(太師父) 정도로 대우해 주겠소."

카랑카랑한 목소리가 나직이 허공을 울렸다. 틀림없이 기개세의 목소리였다.

나란히 걷던 무가내와 은예상, 균현이 걸음을 멈추고 뒤돌아서니, 강조와 기개세 등 여섯 명이 처음의 자리에서 움직이지 않은 채 이쪽을 향해 반원형으로 늠름하게 펼쳐 서 있는 것이 보였다.

그들은 모두 허리를 꼿꼿하게 편 채 당당한 자세였다.

'태사부'란 주군의 사부를 가리킨다.

기개세가 균현을 주시하며 약간은 의기양양한 얼굴로 말을 이었다.

"앞으로는 당신에게 예의를 갖추겠소."

자미룡과 강조, 당경림, 석중명, 마랑도는 기개세와 비슷한 표정을 짓고 있었다.

그것은 그들도 기개세와 같은 의견이라는 뜻이다.

얼핏 듣기에는 그들이 균현을 윗사람으로 인정하겠다는 것처럼 들리지만, 곧이곧대로 알아듣는 사람은 없었다.

말의 내용인즉, 균현은 무적방을 세우는 데 일등공신이고, 무가내의 스승 같은 사람인데다 나이도 많은 늙다리이니 자신들의 경쟁 상대에서 균현을 제외시키겠다는 뜻이었다.

좋게 말하면 예의를 갖추겠다는 것이고, 나쁘게 말하면 상대할 가치가 없다는 것이었다.

무적전사들은 자신들의 결정에 꽤나 만족한 표정을 지었다.

균현은 그들의 속셈을 꿰뚫고 있었지만 별로 기분이 나쁘지는 않았다.

아니, 오히려 조금 전에 무가내에게서 받은 감동이 아직도 잔잔하게 이어지고 있었다.

애당초 그는 무적전사들과 경쟁할 생각조차 하지 않았었으니, 이제 굳이 경쟁 상대에서 제외된다고 해서 기분이 나쁠 일은 없었다.

"너희들."

무가내가 무적전사들을 보며 목소리를 깔았다.

무적전사들은 자못 긴장하여 허리를 펴고 꼿꼿하게 섰다.

그들이 제아무리 의기양양해도 무가내 앞에서는 고양이 앞의 쥐일 뿐이었다.

"조금 전에 말했던 그 세 방파가 왜 나를 죽이려고 했는지는 언제 말해줄 셈이냐?"

무적전사들의 얼굴에 아! 하는 표정이 떠오르더니 강조가 즉시 공손하게 아뢰었다.

"그 세 방파를 사주한 것은 광천패도 조진우였습니다."

무가내와 은예상의 표정이 변했다.

무가내는 어이없다는 표정이고, 은예상은 착잡한 표정이었다.

조진우는 끈질기기가 거머리 같고, 교활하기로 치면 여우 같은 놈이다.

第四十三章
산중혈풍(山中血風)

해시(亥時:밤 10시) 무렵.

'이번에는……'

황산 중턱 어둠 속에 잠겨 있는 우림원을 주시하면서 무가내는 속으로 중얼거렸다.

아무리 생각해 봐도 지난번에 황룡표국에서 천중검협을 죽인 일은 너무 간단했었다.

별유선당의 열다섯 명, 즉 별유십오인이 네 마물에게 저지른 끔찍한 짓을 생각하면, 평범한 방법으로 너무 빨리 죽이는 것은 적절한 복수라고 할 수가 없었다.

무가내는 황룡표국에서 천중검협을 중독시켰다가 그저 피

떡으로 짓뭉개서 죽여 버렸다.

서슬 퍼렇게 이십 년 전의 죄를 묻지도 않았고, 피눈물을 흘리면서 과거를 뉘우치게 만들지도 못했던 것이다.

그래서 무가내는 무현 진인만큼은 절대 쉽게 죽이지 않을 것이라고 내심 다짐을 하고 있는 중이었다.

균현의 조사에 의하면, 현재 둘레 오백여 장에 십여 채의 전각으로 형성된 우림원에는 무현 진인과 그의 셋째 제자인 청송자, 그리고 백여 명의 도사가 있다고 했다.

백여 명 중에 구십여 명은 청송자의 제자들이고, 십여 명은 무당파에서 이곳까지 무현 진인을 수행하고 온 무당파 제자들, 즉 검수들이었다.

무가내는 균현에게서 무현 진인과 청송자에 대해서 자세히 설명을 들었다.

그의 설명에 의하면, 무현 진인은 천중검협을 오십 초 안에 제압할 수 있을 정도의 절정고수이고, 청송자는 천중검협과 비슷한 수준이라고 했다.

천중검협은 중원삼십육태두에 들 정도이고, 무림에서는 절강무림의 패자로 군림했었는데, 무현 진인의 막내 제자하고 비슷한 수준이라는 것이었다.

사실 무림의 명문 중에서도 명문인 구파일방, 그중에서도 소림사와 무당파, 아미파, 화산파, 곤륜파의 수준이 여타 진명유림보다 한 단계 위에 있지만, 무가내는 그 사실을 모르고 있다.

구파일방은 정협맹에 속해 있지만, 이십 년 전 혼천대전이 끝난 이후로는 세속의 일에 별달리 관여하지 않은 채 정협맹에게 무림을 맡겨놓고 있는 실정이었다.

무가내는 천중검협과 제대로 싸워보지 못했기 때문에 무현 진인과 청송자의 실력을 짐작하기가 어려웠다.

하지만 천중검협이 구룡방 대방주 극신도황 구양중겸보다 한 수 위였다는 균현의 말을 참고한다면, 무현 진인이 쉬운 상대는 아닐 것이라는 생각이었다.

아마도 무현 진인은 무가내가 중원에 나와서 최초로 만나는 강적이 될 것이다.

무가내는 지금 아주 홀가분한 상태였다.

은예상은 자미룡과 석중명, 당경림 등 열 명의 무적전사에게 호위하게 하여 황산에서 멀지 않은 마을의 객잔에서 기다리게 하였다.

그리고 무적전사 사십사 명은 우림원 십 리 밖에서, 혈검전사 전원은 십오 리 밖에서 대기하도록 했다.

그렇다고 우림원에 있는 무현 진인과 청송자를 비롯한 백여 명의 도사를 무가내 혼자서 상대하려는 것은 아니다.

무가내 자신은 우림원 가까이 접근해도 괜찮지만, 무적전사나 혈검전사들은 섣불리 근처에 접근했다가 고강한 무현 진인이나 청송자의 이목에 걸려들 것이기 때문에 물러나 있으라고 명령한 것이다.

그들은 무가내가 우림원으로 잠입한 후에 신호를 보내면 그때 전력으로 우림원을 향해 돌진해 올 것이다.

지금 무가내는 우림원의 뒷담에서 불과 오 장쯤 떨어진 숲 속에 서 있었다.

그는 그곳에서 우림원을 살피는 일각여 동안 천마신위강을 운공하여 오 갑자를 상회하는 전 공력을 끌어올려 둔 상태라서 힘이 넘쳤다.

'간다!'

속으로 웅얼거리자마자 그의 신형은 숲을 벗어나 뒷담을 향해 유령처럼 쏘아갔다.

그는 담을 넘어 전면에 보이는 전각을 향해 곧장 쏘아가다가 전각 모퉁이를 돌아 오른쪽으로 꺾어져서 달렸다.

그는 마치 우림원 내부의 지리를 잘 아는 것처럼 막힘없이 전각들 사이를 구불구불 꺾으면서 쏘아갔다.

그는 담 밖 숲에 있는 동안 청력을 돋우어 우림원 내에서 흘러나오는 모든 소리를 감지하고 분석했었다.

당연히 우림원 내에서 도사들이 하는 많은 대화들을 들었고, 그로 미루어 무현 진인과 청송자가 어디쯤에 있는지 짐작했던 것이다.

그런 것을 누구에게 배운 적은 없다. 상황에 처하게 되니까 자연스럽게 터득하게 되었다.

그도 이제 중원에 나온 지 넉 달이 넘어가고 있으며, 그동안 적지 않은 싸움과 여러 어려운 일들을 겪으면서 얕기는 하지만 나름대로 경륜이 쌓였다고 할 수 있다.

우림원은 여느 도관이 그렇듯이 저녁나절에 흔히 볼 수 있는 풍경이었다.

산중의 밤은 속세보다 훨씬 일찍 찾아들기 때문에, 우림원의 도사들은 밖을 돌아다니기보다는 전각 안에서 수양이나 무공 수련을 하고 있는 듯했다.

돌아다니는 도사들의 모습이 거의 눈에 띄지 않았으며, 여러 전각 안에서 경서를 읽는 소리나 무공을 수련하는 소리가 흘러나오는 것을 듣고 알 수 있었다.

무가내는 추호의 기척도 없이 하나의 긴 전각 벽 아래를 미끄러지듯이 쏘아가고 있었다.

그가 지금 향하고 있는 방향 이십오륙 장쯤에서 사람들의 두런두런한 목소리가 들려오고 있었다.

무가내는 그 늙수그레하고 중후한 목소리가 무현 진인이며, 그의 말에 공손하게 응대하는 목소리의 주인이 청송자일 것이라고 짐작했다.

"······!"

그런데 전각 모퉁이를 막 돌아선 무가내는 움찔 가볍게 놀라면서 몸이 굳어졌다.

그곳은 건물이나 나무 한 그루 없는 사방이 시원하게 탁 트인 너른 곳이었다.

폭이 겨우 이십여 장 남짓 됨직한 자그마한 연못이 있고, 그 가운데 아담한 정자가 우뚝 솟아 있었다.

연못가에서 정자까지 둥근 운교가 이어졌으며, 정자에는 두 사람이 마주 앉아서 술을 마시고 있었다.

그 두 사람 중 한 명은 선풍도골의 노인이고, 마주 앉은 또 한 명은 중년 도사였다.

노인은 육십대 중반 정도였으며 쳐다보는 것만으로도 옷 깃을 여며야 할 만큼 고아한 기품을 풍겼다.

반면에 중년 도사는 사십대 초반 정도의 나이로, 세속을 벗 어난 듯 탈속, 청수한 모습에 봄바람처럼 훈훈한 미소를 머금 고 있는 온화한 인상이었다.

정자에는 두 사람 외에 시중을 드는 십오륙 세가량의 동자 가 한 명 탁자 옆에 시립하듯 서 있을 뿐이었다.

무가내는 전각 모퉁이를 돌아 나오면 지금껏 그랬던 것처 럼 당연히 다른 전각이 있을 줄 알았다.

그래서 달리는 속도를 줄이지 않았던 것인데, 그 바람에 그 는 전각 모퉁이와 연못의 중간 지점 탁 트인 곳에 우두커니 멈춰 서 있는 꼴이 되고 말았다.

사방이 훤하게 트인 곳이니 정자의 두 사람이 갑자기 불쑥 나타난 무가내를 발견하지 못할 리 없다.

두 사람은 술을 마시다가 무가내를 쳐다보았지만 놀라는

기색은 없었다.

마치 무가내가 나타날 것을 알고 있었던 것처럼 태연한 신색이었다.

하지만 두 사람은 무가내가 접근하는 기척을 추호도 감지하지 못했다.

다만 수양이 깊어 놀라지 않을 뿐이었다.

무가내는 무적방을 떠날 때부터 줄곧 입고 있는 오색의 화려한 비단옷을 입고 있었다. 말하자면 부잣집 공자의 옷차림이었다.

이곳에 싸우러 온다고 해서 굳이 갈아입을 필요를 느끼지 못했던 것이다.

그러니 그는 영락없는 부잣집 훤칠한 공자의 모습이었다.

"자네는 누군가?"

선풍도골의 노도인이 무가내를 보면서 담담한 어조로 물었다.

희끗희끗한 머리카락을 머리 위로 틀어 올려 산뜻하게 상투를 묶었으며, 물색 비단 도포를 입은 그의 모습은 고아한 중에도 위엄이 은은히 풍겼다.

무가내가 누군가?

예기치 못할 이런 상황에 처하게 됐다고 해서 절대로 놀라거나 당황할 사람이 아니다.

"아… 나는……."

그는 가볍게 상체를 흔들면서 건들거리다가 무슨 생각에 서인지 곧 태도를 바꾸었다.

그동안 수백 권의 경서를 읽으면서 알게 된 예의 나부랭이가 문득 생각이 나서 잘됐다 싶어 지금 그것을 한번 써먹어 보려는 것이다.

그는 정자를 향해 포권을 해 보이면서 늠름한 자세로 낭랑하게 힘주어 자신을 소개했다.

"소생은 묵간해(墨幹海)라고 하오. 지나가던 길에 염치불구하고 잠시 들렀소이다."

일부러 그런 것이 아니라, 힘주어 말을 하다 보니까 '무가내'라는 이름이 '묵간해'로 나와 버렸다.

그러나 무가내는 자신의 이름을 다시 제대로 소개할 정도로 친절한 성격이 아니다.

그러자 노도인이 다시 물었다.

"무슨 일로 들렀소?"

무가내는 그가 필경 무현 진인일 것이라고 판단했다.

난생처음 외인에게 예의를 차리는 것에 조금 흥미를 느낀 무가내가 뭐라고 둘러댈까 잠시 생각을 하고 있는 사이에 중년 도사가 손짓으로 그를 불렀다.

"묵 소도우(墨少道友)로군. 거기에 서 있지 말고 이리 와서 술이나 한잔하게."

'술' 이란 말에 무가내는 귀가 번쩍 뜨여 허둥지둥 운교 쪽으로 몇 걸음 걸어가다가 멈칫 걸음을 멈추고 다시 예를 갖추었다.

"결례가 되지 않겠소이까?"

그렇게 말하면서 그는 예의라는 것이 정말 귀찮은 것이라는 생각을 했다.

결례는 무슨 얼어죽을, 술이 있고 사람이 있으면 그저 모여서 마시면 되는 것을…….

중년 도사는 청아하게 껄껄 웃었다.

"하하하! 강호에 나오면 사해의 사람들이 모두 형제고 친구거늘, 소도우는 개의치 말고 어서 올라오게."

'오… 멋진 말이다. 강호에 나오면 사해의… 음…….'

무가내는 운교로 쪼르르 달려가면서 방금 그 말을 외웠다. 나중에 써먹기 위해서였다.

중년 도사가 옆으로 약간 옮겨 앉으면서 마련해 준 자리에 무가내는 점잖게 예의를 차리면서 앉았다.

예전에는 그 무엇보다도 술을 가장 좋아하던 무가내였다.

은예상을 알게 된 후부터는 순위가 바뀌어서 그녀를 가장 좋아하고 그다음이 술이 되긴 했지만, 얼마나 술을 좋아하면 술 마시라는 소리에 지금 자신이 이곳에 무엇을 하러 왔는지조차도 잠시 잊고 있겠는가?

무가내는 중년 도사가 따라 주는 술을 숨도 쉬지 않고 연거푸 석 잔이나 마시고 난 후에야 조금 갈증이 풀리는 듯 한숨을 토해냈다.

"후우… 이것, 괜찮은 술인데?"

그는 술잔을 만지작거리면서 적이 감탄하며 푸른 옥색의 술 호로병을 쳐다보았다.

중년 도사는 빙그레 미소를 지었다.

"술맛이 어떤가?"

무가내는 진지한 얼굴로 고개를 끄덕이며 감탄했다.

"술의 빛깔이 맑고 고우며, 향기가 상쾌하고, 술을 한 모금 입 안에 머금었을 때 혀와 입술을 자극하지 않으면서도 청아한 기운을 풍기는가 하면, 목 넘김이 마치 산들바람처럼 싱그럽고, 뱃속이 훈훈하지 않고 오히려 서늘해지는 느낌을 주니 과연 벽향주(僻鄕酒)라 할 수 있소."

그가 일사천리로 읊어대니 중년 도사와 노도인은 뜻밖이라는 듯한 표정으로 그를 다시 쳐다보았다.

사실 방금 무가내가 한 말은 오악도의 주선(酒仙)인 빙염이 최상급의 술을 마셨을 때 으레 하던 감탄사를 그대로 옮겨서 읊어댄 것뿐이었다.

빙염은 술을 거의 무가내하고만 마셨으며, 주흥이 도도해지기만 하면 그가 듣거나 말거나 이것저것 멋진 구절들을 주워섬겼기 때문에 무가내도 귀동냥으로 제법 술에 대한 지식을 갖고 있는 편이었다.

"호오… 이제 보니 소도우는 일호천(一壺天)이로세."

"다만……."

무가내는 가볍게 미간을 찌푸렸다.

"다만 무엇인가?"

"혀끝과 목젖에 미미하게 껄끄러운 여운이 남아 있는 것으로 봐서 숙성이 조금 덜된 것 같소."

"이런이런… 숙성이 덜된 것도 간파하다니, 소도우는 일호천이 아니라 주선이었군!"

무가내에게 술 빚는 것과 술맛을 전수한 빙염마저도 한 수 접을 정도로 그는 술에 대해서 탁견을 지니고 있었다.

탁!

무가내는 감탄하는 중년 도사의 손에서 술 호로병을 뺏듯이 낚아채 자신의 잔에 따르려다가 고개를 뒤로 젖히고 병째 벌컥벌컥 마셔댔다.

그 모습을 중년 도사는 흐뭇한 얼굴로 지켜보았다.

반면에 노도인은 놀라듯 어이없는 표정으로 벌떡 자리에서 일어서며 무가내를 향해 손을 뻗었다.

슈우―

순간 무형의 기운이 미약한 음향을 내며 무가내를 향해 쾌속하게 뿜어졌다.

노도인은 무가내를 다치게 하려는 것이 아니라 술 호로병을 뺏으려는 의도였다.

그때 중년 도사가 젓가락으로 요리를 집으려고 손을 뻗으

면서 약간의 경력을 일으켜 노도인이 발출한 무형의 기운을
일시에 해소시켜 버렸다.

노도인은 가볍게 표정이 변하여 중년 도사를 쳐다보았다.

중년 도사는 정갈한 소채 반찬을 집어 입에 넣으면서 보일
듯 말 듯 고개를 가로저었다.

그러면서도 입가에는 훈훈한 미소를 머금고 있었다.

"크으으… 몇 년만 더 숙성시켰더라면 기가 막힌 맛으로
익을 텐데 아깝군!"

무가내는 술 호로병을 완전히 비운 후 손등으로 입을 문지
르며 아쉽다는 듯 중얼거렸다.

그는 중년 도사를 보면서 궁금한 듯 물었다.

"그런데 이 술은 어떤 재료로 만들었소?"

그는 자신이 무엇 하러 이곳에 왔는지 까맣게 잊고 있는 것
이 분명했다.

"맞춰보게."

"음, 고소한 돼지기름 냄새가 나는 것으로 봐서……."

그가 턱을 쓰다듬으면서 중얼거리자 노도인이 가볍게 어
이없다는 표정을 지었다.

돼지기름이라니, 말도 안 되는 소리였다.

무가내가 눈을 빛내며 중년 도사를 쳐다보았다.

"돌기름 아니오?"

"돌기름?"

"그렇소. 돌에서 짜낸 기름 말이오. 확실히 돌 냄새가 약간 남아 있었소."

중년 도사의 눈에 흐릿하게 감탄의 기색이 스쳤다.

"훌륭하네. 바로 맞추었네."

"하하하! 이래 봬도 내가 술 도사요, 술 도사!"

사실 방금 무가내가 거덜을 낸 술은 이곳 황산에서만 극소량이 생산되는 천성황옥(泉聲黃玉)이 원재료다.

천성황옥은 빛과 공기가 통하지 않는 깊은 지하에서 백 년이 지나면 한 방울의 즙(汁)을 생성한다.

그것을 옥액(玉液)이라고 하여 도가에서는 불로장생을 하는 최고의 선약(仙藥)으로 꼽는다.

바로 그 옥액, 즉 천성황옥액을 모아 여러 진귀한 약재들을 배합하여 삼십여 년 동안 숙성시킨 것이 바로 천성옥하주(泉聲玉霞酒)로써 방금 무가내가 마신 술이다.

천성옥하주는 천성황옥의 즙이 원료니까 무가내가 돌기름이라고 한 말은 정확했다.

옥은 돌이고, 즙은 기름이니까 말이다.

그때 동자가 노도인의 표정을 살피면서 공손히 물었다.

"사백조님, 다른 방순(芳楯:맛 좋은 술)이라도 내올까요?"

"그러려무나."

노도인이 고개를 끄덕이자 동자는 운교를 타고 저만치 전각을 향해 부리나케 달려갔다.

무가내는 슬쩍 중년 도사에게 물었다.

"방금 내가 마신 술이 귀한 것이오?"

그 대답은 노도인이 대신했다.

"원료를 구하는 데 사십 년이 걸렸고, 숙성시키는 데 삼십 년, 도합 칠십 년이 걸려서 만든 지상에서 단 한 병밖에 없는 천성옥하주였네."

그의 말에는 다분히 가시가 돋아 있었다.

그도 그럴 것이, 장장 칠십 년 동안 공을 들여서 겨우 한 병을 만들어 사제지간이 오붓하게 맛을 보고 있는 도중에 느닷없이 불청객이 나타나서 반병이나 남은 술을 단숨에 마셔 버렸으니 기가 막힐 일이었다.

노도인이 만약 깊은 수양심이 없었다면 무가내의 목숨을 취하려고 들어도 지나친 일이 아닐 터이다.

그는 무가내더러 미안해하라고 그런 말을 했는데, 정작 무가내는 입맛을 다시면서 태연히 너스레를 떨었다.

"그것참, 막 술맛이 나려는 참인데 한 병밖에 없다니 기운이 빠지는군."

중년 도사가 빙그레 미소를 지으며 위로를 했다.

"천성옥하주만은 못하지만 다른 술이 있으니 소도우는 그 정도로 이해해 주게."

무가내는 중년 도사를 빤히 쳐다보았다.

가까이에서 보니 훨씬 청수하고 준수한 용모였으며, 얼굴에서 은은한 빛이 뿌려지는 것 같았다.

무가내는 강호에 나온 이후 이런 종류의 사람을 지금 처음 보았다.

그는 기분이 좋아져서 고개를 끄덕였다.

"오늘 술을 얻어먹는 답례로 다음에는 내가 담근 술을 대접하겠소."

"호오! 소도우가 술도 담그나?"

"그렇소. 백로주라는 것인데, 방금 마신 천성… 뭐라고 하는 술보다 훨씬 더 맛있소."

중년 도사는 환한 미소를 지었다.

"그런가? 기회가 되면 백로주를 꼭 마셔보고 싶군."

"나는 얻어먹고 모른 체하는 사람이 아니오. 내 반드시 백로주를……."

무가내는 거기까지 말하다가 말끝을 흐렸다.

잠시 잊고 있던 것. 자신이 무현 진인을 죽이러 왔다는 사실을 그제야 떠올린 것이다.

무가내는 아쉬운 표정을 지으며 중얼거렸다.

"다음에 백로주를 대접하겠다는 약속은 취소해야겠소."

중년 도사는 의아한 표정을 지었다.

"왜 그런가?"

그는 무가내와 닮은 점이 있었다. 순수하고 천진난만하다는 것이 그랬다.

무가내는 태어나면서부터 지니고 있는 순수함이 아직 때가 묻지 않은 것이고, 중년 도사는 오랜 수양으로 터득한 순수함이라는 점이 달랐다.

무가내는 솔직하고 직선적인 성격이라서 에둘러 말하는 것은 딱 질색이다.

그는 노도인을 쳐다보며 태연하게 대꾸했다.

"이제 곧 내가 저놈을 죽일 것인데, 당신은 사부를 죽인 나하고 술을 마시지 않을 것 아니오?"

순간 노도인의 표정이 눈에 띄게 변했다.

하지만 중년 도사는 여전히 온화한 얼굴로 마치 오랜 친구를 대하듯 물었다.

"왜 저 사람을 죽이려고 하는가?"

"원수이기 때문이오."

"원수?"

중년 도사는 조금 의아한 얼굴로 노도인을 쳐다보았다.

그가 알고 있는 바로는 노도인은 이날까지 산사에서 수양만 해온 터라 누구와도 원한을 맺은 적이 없었다.

그래서 중년 도사는 필경 이 일에는 무슨 오해가 있거나, 무가내가 농담을 하는 것이라고 생각했다.

"저 사람이 자네의 부모를 해쳤는가?"

"아니오."

"그럼 어째서 원수라고 하는가?"

중년 도사는 노도인을 주시하는 무가내의 눈에서 새파란 살기가 번뜩이는 것을 발견했다.

"저놈은 내 친구들의 원수요."

무가내는 거침없이 노도인을 '놈' 이라고 지칭했다.

중년 도사는 약간 어이없다는 미소를 지었다.

그는 이 어린 친구의 나이가 잘해봐야 약관을 넘지 않았을 것이고 친구들도 같은 또래일 것이라고 여겼다.

그런데 육십 세가 훨씬 넘은 노도인이 어찌 어린 사람들과 원한을 맺었겠는가, 라고 생각한 것이다.

"허허… 자네가 뭔가 오해를…….."

중년 도사가 온화하게 웃으면서 말하는데, 갑자기 무가내가 노도인을 쏘아보며 엄히 꾸짖었다.

"이놈! 무현 진인! 네놈은 설마 이십 년 전, 대파산 별유선당에서의 일을 잊은 것은 아니겠지?"

순간 중년 도사와 노도인의 표정이 동시에 급변했다.

노도인은 경악하는 표정으로 벌떡 일어섰으며, 중년 도사는 무가내를 보며 안색이 돌덩이처럼 굳었다.

중년 도사와 무가내의 거리는 불과 반 장 남짓.

손만 뻗으면 제압할 수 있는 거리이고 또 상황이지만 그는 굳이 그렇게 하지 않았다.

마음만 먹으면 무가내 정도는 언제라도 제압할 수 있을 것이고, 또한 굳이 제압하거나 그를 해치고 싶은 생각이 없었다.

하여튼 중년 도사는 크게 놀랐다.

이십 년 전, 별유선당에 대한 일은 극비 중에서도 극비로 깊이 묻혀 있다.

무림을 통틀어 그 사실을 알고 있는 사람은 채 백여 명도 되지 않을 터이다.

그리고 그들은 거의 별유십오인의 최측근이거나 가족들이라서 지난 이십여 년 동안 굳게 입을 다물고 있었다.

그런데 무가내가 불쑥 별유선당을 입에 올렸으니 어찌 놀라지 않겠는가.

중년 도사는 조금 전에 무가내가 친구들의 원수를 갚겠다고 한 말을 떠올렸다.

'설마 그들이 이 아이의 친구라는 말인가?

그렇지만 그럴 가능성은 거의 없다고 판단했다.

노도인은 적잖이 놀라고 당황한 표정으로 중년 도사를 쳐다보고 있었다.

무가내는 잠시 노도인을 쏘아보면서 십 리와 십오 리 밖에서 대기하고 있는 무적전사와 혈검전사들에게 공격하라는 명령을 천리전음으로 보냈다.

이어서 노도인을 가리키며 눈을 부라리고 쩌렁쩌렁한 목소리로 호통을 쳤다.

"이놈! 너희들 열다섯 명 때문에 내 친구들은 죄다 병신이 됐고 죽을 고생을 했다!"

무가내는 네 마물을 뭐라고 해야 할지 몰라서 그냥 친구라고 지칭했다.

노도인은 아무 말도 하지 못했다.

그도 그럴 수밖에 없는 것이, 사실 그는 무현 진인의 셋째 제자인 청송자이기 때문이다.

중년 도사.

그가 바로 지금 나이 구십오 세인 도가의 살아 있는 전설, 무현 진인인 것이다.

그는 수양과 무공이 너무 높아 사십여 세 이후부터 줄곧 중년인의 모습을 유지하고 있었다.

무현 진인은 더 이상 잔잔한 미소를 지으며 무가내를 바라볼 수가 없었다.

그는 적이 긴장한 얼굴로 나직이 입을 열었다.

"소도우, 혹시 자네의 네 명의 친구가 누군지 말해줄 수 있겠는가?"

무가내는 청송자에겐 살기를 쏟아냈지만, 무현 진인을 쳐다보는 순간 담담한 얼굴로 바뀌었다.

"무림에서는 그들을 사대종사라고 부른다오."

'사대종사……'

무현 진인과 청송자는 망연자실한 표정을 지었다.

두 사람은 한동안 무가내를 쳐다보기만 할 뿐, 말을 잃은 듯 입을 열지 않았다.

무현 진인의 시선은 무가내를 향해 있었지만 깊은 생각에 잠겨 있었다.

그리 길지 않은 시간 동안에 그의 표정이 여러 차례 복잡하게 변했다.

무가내는 다시 시선을 청송자에게 주었고 지그시 어금니를 악물었다.

"자, 너는 나와 어떻게 싸울 것인지 말해라."

그러나 청송자가 대답하는 대신 무현 진인이 조용히 물었다.

"그들… 사대종사는 아직 살아 있는가?"

"그렇소."

무가내는 청송자에게서 시선을 떼지 않고 대답했다.

"그들이… 살아 있었군."

무현 진인은 독백처럼 나직이 중얼거렸다.

"그들은 어디에 있는가?"

"말할 수 없소."

"그렇겠지."

무현 진인은 어두운 표정을 지었다.

지금 그의 심정은 뭐라고 형언하기 어려울 정도로 착잡하기 짝이 없었다.

사대종사가 살아 있으니 장차 무림에 한차례 거센 피바람이 불 것이라서, 그것에 대한 걱정이 먹구름처럼 피어났다.

그리고 과거 이십 년 전 별유선당에서 대마종과 사대종사를 배신하고 그들을 함정에 빠뜨렸으며, 그것으로도 모자라서 열다섯 명이 합공했던 일에 대한 뼈저린 후회와 죄책감 때문에 가슴이 답답했다.

"한 가지만 더 묻겠네."

무현 진인이 말하는데도 무가내는 청송자에게서 시선을 거두지 않았다.

"대마종은… 그도 살아 있는가?"

"모르오."

무현 진인은 사대종사의 생사를 알고 있는 무가내가 어째서 대마종에 대해서는 모르는지 얼른 이해가 되지 않는다는 표정이었다.

그러나 그는 곧 고개를 가로저었다.

'대마종이 살았든 죽었든 그것이 무슨 상관인가?'

그의 입가에 씁쓸한 미소가 떠올랐다.

'어차피 지금 정협맹이 군림하고 있는 천하는 그 어느 때보다 타락했거늘……'

그는 지난 이십여 년 동안 줄곧 한 가지 의문을 가슴에 품은 채 살아왔었다.

제이차 흔천대전을 승리로 이끌어서 중원을 구한 사독요마의 절대자인 대마종과 사대종사를 별유선당으로 유인, 함정에 빠뜨렸던 일은 과연 잘한 일인가?

…라는 것이었다.

흔천대전 이전에 사독요마가 천하를 어지럽혔었다면, 별유선당의 일이 배신이라고 해도 무현 진인은 기꺼이 그 일에 동참하고 또 지금껏 후회하지 않았을 것이다.

하지만 흔천대전 이전의 사독요마, 즉 사마총혈계는 천하와 무림에 거의 해를 끼치지 않았었다.

오히려 사마총혈계가 무림의 모든 사독요마를 지배, 관리하면서 악행을 못하도록 만들었었다.

또한 정파와 정사 간(正邪間)에서 끊임없이 은원과 이익에 얽힌 싸움과 반목, 암투들이 벌어졌었다.

별유선당의 사건 이후, 천하무림은 흔천대전 이전보다 더 혼탁해졌고 곳곳에서 크고 작은 싸움들이 끊이지 않았다.

사마총혈계가 천하를 구한 사실이 묻혀 버리고, 대신 정협맹, 즉 중원삼십육태두가 사마총혈계의 공을 감쪽같이 가로채어 천하의 영웅으로 떠올랐었다.

그리고 그때부터 중원삼십육태두는 천하를 삼십육 등분하여 세력을 넓히고 이익을 추구하는 일에만 몰두하여 지금에 이르고 있는 것이다.

그렇기 때문에 진정으로 천하를 걱정하는 무현 진인은 이십 년 전 별유선당의 일에 대해서 계속 의문을 품었고, 결국 그 일을 크게 후회하게 되었다.

"나는 내 친구들이 당한 것처럼 똑같이 너를 병신으로 만들고, 그때의 잘못을 빌게 만든 후에 죽여주겠다."

무가내는 청송자를 쏘아보며 천천히 오른손을 들어 올리면서 짓씹듯이 중얼거렸다.

청송자는 씁쓸한 표정을 지었지만, 굳이 자신이 무현 진인이 아니라고 밝히지는 않았다.

무현 진인이 가만히 있는데 자신이 나서서 밝히는 것은 사부에 대한 예의가 아니기 때문이다.

그리고 설혹 무가내가 오해를 하여 공격을 하더라도 그 정도는 충분히 감당할 수 있을 것이라 자신하고 있었다.

그는 무가내가 잘해봐야 일류고수 정도의 무공을 지녔을 것이며, 그래서 자신이 일, 이 초식 이내에 제압할 수 있을 것이라고 예상했다.

후우우…….

문득 무가내의 들어 올려 활짝 펼친 오른손 손바닥에서 은은한 광채가 일렁였다.

손바닥뿐만 아니라 오른팔 전체에서 광채가 옷을 뚫고 뿜어졌다.

그의 손바닥의 광채는 혈광과 금광이 태극 무늬를 이룬 상태에서 느릿하게 오른쪽으로 회전을 했고, 팔의 광채는 핏빛과 금빛의 가는 실이 꼬아진 것처럼 수천 가닥이 꿈틀거리면서 뿜어지고 있었다.

순간 그것을 발견한 무현 진인의 얼굴이 불신과 경악으로 가득 물들었다.

'천마신위강!'

그가 이처럼 놀라는 것은 아마도 난생처음일 것이다.

그는 이십 년 전 별유선당에서 대마종이 천마신위강을 전개하는 광경을 목격한 적이 있었다.

아니, 굳이 목격하지 않았더라도 천하제일을 다투는 천마신위강에 대해서는 원래부터 너무도 잘 알고 있는 그였다.

그런 그가 천마신위강을 바로 코앞에서 알아보지 못할 리가 없었다.

더구나 무가내의 천마신위강은 과거 대마종보다 한 수 위가 분명했다.

깊은 물일수록 잔잔하듯이, 천마신위강은 성취도가 높을수록 광채가 옅어진다.

그래서 마지막 십이성까지 완성하게 되면 아예 빛 자체가 사라져 버린다.

그렇게 봤을 때 지금 무가내는 천마신위강을 팔성 정도 연성한 수준이었고, 무현 진인은 그것을 한눈에 알아보았다.

이십 년 전에 대마종과 함께 사라졌던 천마신위강이, 그것도 어린 무가내에게서 다시 부활했다는 사실이 도저히 믿어지지 않았다.

청송자도 천마신위강에 대해서는 알고 있었지만, 설마 무가내가 천마신위강을 익혔으며 그것을 지금 전개하리라고는 짐작조차 하지 못하고 있었다.

그래서 무가내가 공격하려는 자세를 취하자 청송자도 본능적으로 반격할 태세를 갖추었다.

무가내는 오른팔을 약간 뒤로 끌었다가 청송자를 향해 쭉 뻗으려고 했다.

그 순간 무현 진인이 무가내를 향해 다급하게 오른손 일장을 발출했다.

앞뒤 생각할 여유가 없었다. 청송자가 무당파의 어떤 절학을 사용하더라도 천마신위강은 당해내지 못한다.

그렇기 때문에 무현 진인의 머릿속에는 오직 셋째 제자 청송자를 살려야겠다는 생각뿐이었다.

위잉!

무당파의 실전된 절학 중 하나인 쇄룡장(鎖龍掌)이었다.

무현 진인이 급히 발출했음에도 족히 일만 근 이상의 막강한 위력이 실려 있었다.

하지만 그는 쇄룡장을 발출하고 나서 아차 했다.

무가내가 천마신위강을 전개한 것이 어쩌면 자신의 착각일지도 모른다는 생각이 스쳤다.

만약 그렇다면 칠성 공력이 실린 쇄룡장에 무가내는 필경 즉사하고 말 것이다.

그러나 무현 진인의 염려와는 달리 무가내는 조금도 놀라지 않았다.

그는 자신이 무현 진인을 공격하면 제자인 청송자가 가만히 보고만 있지는 않을 것이라고 판단하여, 미리 준비를 하고 있었다.

그는 전개하던 천마신위강을 번개같이 양손으로 나누어 청송자에게 육성 공력을, 무현 진인에게 사성의 공력으로 동시에 발출을 했다.

쫘르릉!

거의 동시에 세 줄기의 거센 경력이 정통으로 격돌하며 허공을 떨어 울리는 벽력성이 터졌다.

"으악!"

그와 함께 누군가의 입에서 비명 소리가 터졌고, 세 사람이 튕겨서 세 방향으로 붕 날아갔다.

비명을 지르며 튕겨진 사람은 청송자였다.

그는 무당파 절학인 삼양장공(三陽掌功)을 팔성 공력으로 발출했다가 무가내의 육성 공력이 실린 천마신위강과 정면으로 맞부딪쳤다.

제 딴에는 어린 무가내를 조금 봐준답시고 팔성 공력을 발휘한 것이다.

그런데 무가내의 육성 공력이 무려 이백 년 가까운 수준, 그것도 천마신위강일 줄은 꿈에도 몰랐다.

그가 만약 자신의 삼 갑자 가까운 공력을 모두 발휘했다면 지금처럼 낭패를 당하지는 않았을 것이다. 다만 가볍지 않은 내상을 입는 정도였을 터이다.

청송자는 자신이 발출한 삼양장공과 천마신위강을 가슴 한복판에 한꺼번에 정통으로 적중당했다.

그리고 마치 줄이 끊어진 연처럼 허공을 쏜살같이 튕겨 날아가는 도중에 숨이 끊어졌다.

그는 가슴과 복부에 걸쳐서 커다란 구멍이 뻥 뚫렸는데, 날아가는 도중에 그곳에서 조각난 내장과 핏물이 연못 위로 주르르 뿌려졌다.

무현 진인은 앉은 자세에서 쇄룡장을 발출하여 무가내의 천마신위강과 정통으로 부딪치는 순간 무언가 잘못됐다는 사실을 직감했다.

쇄룡장을 발출한 오른팔에 묵직한 충격이 느껴진 것이다.

그리고 다음 순간, 쇄룡장과 천마신위강이 격돌하면서 발생한 반탄력이 가슴을 강타하는 순간 의자와 함께 뒤로 쏜살같이 튕겨져 삼 장이나 날아갔다.

다행히 그의 공력이 심후하여 청송자처럼 쇄룡장과 천마신위강을 동시에 강타당하는 일은 벌어지지 않았지만, 그가 받은 충격도 가볍지는 않았다.

무가내는 사성의 공력을 실어 발휘한 천마신위강이 무현 진인의 쇄룡장과 부딪치자 왼팔이 뻐근한 것과 체내에서 기혈이 뒤틀리는 것을 동시에 느끼면서, 그 역시 의자에 앉은 채 정자 밖 허공으로 튕겨져 날아갔다.

날아가면서 그는 한 움큼의 피를 왈칵 토했다. 그는 무현 진인보다 조금 더 심한 충격을 받았다.

그가 무림에 출도한 이후 누군가와 싸우다가 부상을 입기는 처음이었다.

'어… 떻게 된 거야? 사부보다 제자가 더 강하다니…….'

그는 연못 수면에 가랑잎처럼 가볍게 내려서며 뭔가 잘못됐다는 사실을 느꼈다.

청송자는 널어둔 빨래가 바람에 날렸다가 떨어지는 것처럼 연못 가장자리에 볼썽사납게 나뒹군 후 꼼짝도 하지 않았다.

무현 진인은 정자에서 삼 장쯤 밀려나 역시 연못 수면에 가볍게 내려섰다.

그는 힐끗 청송자를 쳐다보았다.

하늘을 향해 대 자로 누워 있는 청송자의 상체 앞부분은 쩍 벌어졌는데 흘러나오다가 멈춘 내장과 피로 범벅이어서 끔찍한 모습이었다.

무현 진인은 청송자가 이미 숨졌다는 사실을 알았다.

그러나 극도의 혼란스러움 때문에 슬픔 같은 것은 전혀 느껴지지 않았다.

다만 거센 충격만이 혼란 중에 온몸과 정신을 팽팽하게 긴장시키고 있을 뿐이었다.

그것은 이십 년 동안 극비에 묻혀 있던 별유선당에 대한 일이 비로소 세상 밖으로 드러났다는 사실과 사대종사가 아직도 생존해 있다는 사실, 그리고 무가내의 예상하지 못했던 굉장한 무위(武威)가 한꺼번에 전가해 준 태산 같은 무게의 충격이었다.

그는 착잡한 표정으로 무가내를 처다보았다.

무가내는 입가에 흐르는 피를 손등으로 닦으면서 무현 진인을 처다보고 있었다.

"당신이 무현 진인이로군."

그는 바보가 아니다. 한차례 손속을 나누어보면 그 정도는 단번에 알 수 있다.

"그렇다네."

무가내의 눈가에 설핏 엷은 아쉬움이 스쳤다.

"당신이 조금 마음에 들었는데 안됐군."

지금의 무가내에게서는 조금 전에 술을 마실 때의 순진무구함이나 덜렁거림 같은 것을 조금도 찾아볼 수 없었다.

다만 자욱한 어둠이나 깊은 바다의 심연 같은 고요한 분노가 일렁이고 있었다.

"자네는 사대종사의 공동 제자인가?"

무현 진인은 얼굴에 떠올라 있는 긴장을 굳이 감추려 들지 않은 채 물었다.

"친구라고 말했을 텐데?"

그즈음 소란스러움 때문에 우림원의 도사들 백여 명이 연 못 주변에 전부 몰려나와 있었다.

그들은 연못가에 처첨하게 죽어 있는 청송자를 발견하고 대경실색했다.

그리고 연못 수면에 무현 진인과 대치하고 있는 무가내가 청송자를 죽였을 것이라고 짐작하여 살기등등하게 진을 치고 있었다.

"자네 이름이 묵간해라고 했나?"

무현 진인은 중얼거리면서 묵간해라는 이름과 사대종사, 그리고 대마종과의 관계가 무엇인지 생각해 보았다.

"나는 무가내야."

무가내가 툴툴거리듯이 말했다.

"무가내……."

무현 진인은 그 이름을 반추하듯이 중얼거리면서 적잖이 놀라는 표정을 지었다.

오랜 세월 동안 별다른 일이 없었던 당금 무림을 쩌렁하게 진동시키고 있는 한 가지 소문이 있다.

절강무림의 절대자 극신도황 구양중겸과 강소무림의 절대 자인 천중검협을 연이어 죽이고 항주성 구룡방 자리에 무적 방을 세워 일약 방주가 된 인물.

혈풍신옥 무가내.

그에 대한 소문이었다.

그것을 무현 진인이 못 들었을 리 없다.

“음, 자네가 혈풍신옥이었군.”

“무가내라고 했잖아.”

무가내는 가볍게 눈살을 찌푸렸다.

그가 혈풍신옥이라는 별호보다 무가내라는 이름을 더 좋아한다는 사실을 무현 진인이 알 리 없다.

무가내의 눈동자가 살기와 잔인함으로 번들거렸다.

명백한 적개심이었다.

중원에 나온 이후, 아니, 그가 태어나서 지금 같은 표정을 짓는 것은 처음이었다.

만약 그가 지금 자신의 모습을 동경에 비춰본다면, 자신도 그런 표정을 지을 수 있다는 사실에 적잖이 놀랄 터이다.

第四十四章
사 초식의 복수

무가내는 입술 끝을 비틀어 잔인한 미소를 흘리면서 중얼거리듯이 입을 열었다.

"이십 년 전에 내 친구들이 맛보았던 처절함을 너에게 몇 배로 되돌려주겠다."

그는 더 이상 무현 진인를 예의로써 대하지 않았다.

무현 진인은 착잡한 표정을 지었다.

이십 년 전 별유선당의 일에 대해서는 할 말이 많았지만 아무 말도 하지 않았다.

이제 와서 왈가왈부해 봤자 무슨 소용이 있겠는가. 모두 변명일 뿐이기 때문이었다.

쏴아아―

그때 갑자기 허공의 사방에서 거센 바람 소리가 일었다.

무현 진인은 소리가 들려온 허공을 쳐다보다가 움찔 표정이 변했다.

허공의 사방에서 수십 명의 괴고수가 연못 주위에 모여 있는 도사들을 향해 빠른 속도로 쏘아오고 있는 것을 발견한 것이다.

괴고수들은 무가내의 명령을 듣고 단숨에 달려온 무적전사들이었다.

산 아래 마을에서 은예상을 호위하고 있는 열 명을 제외한 사십사 명의 무적전사는 담과 전각 위에서 연못가의 도사들을 향해 우박처럼 쏟아져 내렸다.

무가내가 자미룡을 제외한 무적전사 오십삼 명의 임독양맥을 모두 소통시켜 주어 그들 중에 가장 약한 석중명이 일갑자를 약간 상회하는 정도다.

그 외의 거의 모두는 이 갑자를 상회하거나 조금 모자라는 수준이었다.

공력 면으로는 백육십 년의 강조가 가장 높았고, 그다음이 백오십 년인 기개세, 세 번째가 백사십 년 수준인 마랑도의 순이었다.

그러므로 우림원의 도사들 수가 백여 명이라고는 하지만, 사십사 명 무적전사의 상대는 결코 되지 못할 터이다.

　더구나 무적전사들은 자미룡을 제외하곤 전부 마도 제이의 절학인 호천무적공과 삼절마제의 성명검법인 참마인, 쾌뢰검 등을 익혔다.

　콰아아아―

　오십사 명의 무적전사가 백여 명의 도사들을 향해 비스듬히 내리꽂히면서 검을 그어가자 마치 높은 곳에서 거대한 폭포가 힘차게 떨어지는 듯한 음향이 터져 나왔다.

　도사들은 급급히 무기를 뽑아 들어 반격했다.

　하지만 무기끼리 부딪치는 소리는 터져 나오지 않았다.

　그런 소리는 쌍방이 백중지세였을 때 발생한다.

　도사들이 급급히 무기를 뽑아 휘두르면서 반격했지만, 무적전사들의 검은 도사들의 무기를 피해 교묘하고도 쾌속하게 그들의 급소를 찌르고 베었다.

　"끄악!"

　"으악!"

　싸우는 소리는 들리지 않고 도사들의 구슬픈 비명 소리만이 어지럽게 밤하늘로 울려 퍼졌다.

　무현 진인은 도사들이 죽는 것을 힐끗 쳐다보고는 다시 무가내를 쳐다보았다.

　셋째 제자인 청송자를 눈앞에서 죽게 내버려 둘 수밖에 없었거늘, 도사들이라고 어찌 해볼 방도가 없었다.

　"하나만 묻겠다."

무가내가 무현 진인을 응시하며 중얼거렸다.

"너는 왜 대마종과 사대종사를 배신하고 합공하는 것에 가담했었느냐?"

무현 진인은 이십 년 내내 줄곧 그것을 고심하고 후회했었는데, 무가내가 그렇게 물으니 대답할 말이 없었다.

그는 씁쓸하게 입을 열었다.

"무량수불… 우린 그냥 싸우는 것이 좋겠네."

백 마디, 천 마디 해봐야 무슨 소용이 있으랴.

무가내는 히죽 웃었다.

"좋다. 지금부터 나는 내 친구들의 복수를 하겠다."

그는 천마신위강을 극한으로 끌어올려 오른팔에 주입시키고 천천히 석검을 뽑았다.

서긍―

"나는 딱 사 초식만 전개하겠다."

슈욱!

무가내는 말이 끝나자마자 빛과 같은 속도로 수면 위를 미끄러지면서 무현 진인을 향해 곧장 쏘아갔다.

무현 진인은 자신의 삼 갑자 반, 이백십 년 전 공력을 끌어올려 만반의 준비를 하고 있었다.

그런데도 무가내의 쏘아오는 속도가 지독하게 빨라 적잖이 놀랐다.

그는 이십 년 전 별유선당의 일을 후회하고 있으며, 지금 그것에 대해서 추궁을 당하는 입장이지만, 그저 순순히 죽어 줄 생각은 없었다.

그것은 그가 지난 세월 동안 심취하고 정진해 온 무학에 대한 모독이기 때문이었다.

그는 최선을 다해서 싸울 각오였다.

그것이 또한 복수를 하려는 무가내와 사대종사, 그리고 대마종에 대한 일말의 예의일 것이라고도 생각했다.

그런데 무가내의 쏘아오는 속도는 정말이지 너무 빨라서 무현 진인은 적잖이 놀랐다.

그는 구십오 세가 된 지금까지 사람이 이토록 빠르게 움직이는 것을 본 적이 없었다.

키이이!

무가내는 어느새 무현 진인의 이 장 앞까지 쇄도하면서 머리 위로 치켜든 석검을 빛살처럼 그어 내리고 있었다.

무현 진인은 그가 전개하는 검법이 삼절마제의 참마인이라는 것을 한눈에 알아보았다.

그는 무가내가 최초의 공격을 검강이나 천마신위강 같은 것으로 전개할 것이라고 예측했었다.

그런데 무가내는 검강도, 천마신위강도 아닌 그저 맨검으로 참마인을 전개하고 있었다.

'검에 천마신위강이 실렸다!'

그래서 무현 진인은 그 사실을 간파했다.

검에 천마신위강이 실렸다면 검 자체가 강기(罡氣)다.

그것은 상대가 싸움을 길게 끌지 않고 빨리 끝내려 한다는 뜻이었다.

무가내의 공력이 정확하게 어느 정도인지는 모르는 상태지만, 양손으로 청송자와 무현 진인 자신을 동시에 상대하고서도 청송자를 죽였을 정도면, 최소한 사 갑자 이상의 공력을 지녔다는 뜻이다.

그렇다면 무현 진인보다 반 갑자, 즉 삼십 년 정도 공력이 더 높다는 계산이 나온다.

더구나 상대는 마도제일의 절학인 천마신위강을 익혔다.

비록 무현 진인이 무림의 일절인 무당파의 태청신공(太淸神功)을 연공했지만 천마신위강보다 월등할 수는 없다.

무현 진인은 석검이 자신의 머리 위 반 장쯤 쇄도하고 있을 때 생애 최초로 두려움이라는 것을 어렴풋이 느꼈다.

그어져 내리는 석검에서는 어마어마한 위력이나 기운 같은 것은 추호도 느껴지지 않았다.

그러나 깊은 물일수록 잔잔하고 뜨거운 물일수록 김이 나지 않는 법이다.

'막을 수 없다. 막아서는 안 된다!'

그렇게 판단한 순간 무현 진인의 두 발은 경쾌하게 무당파의 절기인 이궁역위보(移宮逆位步)를 밟기 시작했다.

무림일절로 꼽히는 절세보법인 이궁역위보는 과연 대단

했다.

더 이상 빠를 수 없는 무가내의 참마인이 정수리 위 반 자 거리에 이르렀을 때, 무현 진인의 몸 전체가 오른쪽으로 한 자가량 빛처럼 빠르게 이동했다.

그의 움직임은 그것으로 멈추지 않았다.

그는 두 발이 그대로 수면을 딛고 있는 상태에서 상체가 무가내를 향해 오른쪽으로 비스듬히 틀면서 오른 주먹이 무엇과도 비길 수 없을 만큼 빠른 속도로 무가내의 관자놀이와 옆목, 옆구리 세 군데를 향해 뿜어졌다.

한 번에 세 군데 급소를 노린 공격이지만, 순서의 차이가 없었다.

거의 동시에 세 주먹이 무가내의 관자놀이와 목, 옆구리로 파고들었다.

그것은 바로 무당파의 최고 절기 중 하나인 무영신공권(無影神功拳)이었다.

쉬익―

무현 진인은 석검의 사정권에서 완전히 벗어나 오른쪽에서 자신의 오른쪽 어깨를 무가내의 몸 앞쪽으로 빠르게 접근시키고 있는 자세였다.

바로 그 순간, 무가내의 석검이 무현 진인의 얼굴 앞 정면을 세 치 거리를 두고 수직으로 그어 내려지고 있었다.

지금 상황은 무가내의 최초 공격이 보기 좋게 빗나갔으며,

오히려 무현 진인의 반격이 성공하기 직전인 것처럼 보였다.

무현 진인의 주먹에는 이백십 년 공력이 전부 실려 있었다.

더구나 호신막을 두부처럼 으깨 버린다는 무당파의 무영신공권이다.

그는 자신이 무가내를 너무 높게 평가했으며, 이것으로 싸움이 끝났다고 여겼다.

바로 그 순간 무현 진인은 눈앞에서 그어져 내려지고 있던 석검이 돌연 자신의 얼굴 쪽으로 번개같이 방향을 바꾸어 베어오는 것을 발견했다.

"……?!"

결코 있을 수 없는 일이었다.

무현 진인은 무가내가 전개한 참마인보다 더 빠른 검법을 본 적이 없었다.

그처럼 빠른 검을, 전력으로 그어져 내리는 도중에 방향을 바꾸다니…….

쩌쩌쩍!

그 순간 무현 진인의 삼권이 무가내의 왼 얼굴 관자놀이와 목과 옆구리에 거의 동시에 적중됐다.

하지만 무현 진인은 무가내의 석검이 자신의 얼굴을 통째로 가로로 베어오는 것을 뻔히 보면서도 어쩔 방법이 없었다.

얼굴 앞 세 치, 한 뼘도 안 되는 거리에서 방향을 틀어 베어오는 검을 대저 무슨 수로 피할 수 있겠는가.

너무 찰나지간에 벌어진 일이어서 무현 진인의 얼굴에는 미처 놀라는 표정조차 떠오르지 못했다.

팍!

무현 진인의 주먹이 무가내의 세 군데 급소에 적중된 것과 거의 같은 순간, 그는 시뻘겋게 달군 인두로 왼쪽 눈을 확 지진 듯한 느낌을 받았다.

아직 통증은 찾아오지 않았다. 단지 왼쪽 눈이 화끈한 것만 느꼈을 뿐이다.

무현 진인은 두 눈을 뜨지 못했다. 당한 왼쪽 눈 때문에 오른쪽 눈마저 뜰 수가 없었다.

"크으으……."

그는 두 손으로 얼굴을 감싸 안고 고통에 가득 찬 신음을 흘려냈다.

그의 생애에서 지금처럼 지독한 고통을 느껴보는 것은 처음 있는 일이었다.

아무것도 볼 수 없었고, 격렬한 통증을 느끼고 있었지만 무가내에 대해서 염려하지는 않았다.

그의 전 공력이 실린 무영신공권이 무가내의 급소 세 곳에 정확하게 적중됐다.

그 순간 무가내 체내의 모든 장기가 박살나고 혈맥이 조각나서 신음조차 흘리지 못하고 죽었으리라는 사실을 무현 진인은 추호도 의심하지 않았다.

그는 석검이 자신의 왼쪽 눈을 찔렀다고 생각했다.

아무것도 보이지 않고, 극심한 고통 속에서도 그는 무가내가 어째서 자신의 얼굴을 통째로 가로로 자르지 않고 왼쪽 눈만을 찔렀는지가 못내 궁금했다.

얼굴 앞 세 치 거리에서 더할 수 없이 빠른 속도로 아래를 향해 그어져 내리는 검의 방향을 틀어 수평으로 얼굴을 베어 가는 것은 보통 어려운 일이 아니다.

더구나 세 치라는 짧은 거리에서 또다시 베기를 찌르기로 바꿔 눈을 찌른 것은 더욱 불가능한 일이다.

그런데 무가내는 어째서 무현 진인의 머리를 통째로 자를 수 있었는데도 불구하고 그토록 힘들게 왼쪽 눈만 찌른 것인가?

'왜 그랬는가?'

무가내가 마지막 순간에 두 번째로 검을 틀어 왼쪽 눈을 찌르지 않았으면 무현 진인은 죽었을 것이다.

그렇다면 둘 다 죽는 양패공상이 됐을 터.

'도대체 왜……'

무현 진인이 헝클어진 마음으로 내심 중얼거리고 있을 때였다.

"그것은 혈검… 아니, 삼절마제의 몫이다."

전면 왼쪽에서 무가내의 조용한 목소리가 들려왔다.

"……"

순간 무현 진인의 온몸에 소름이 쫙 끼쳤다.

당연히 죽었을 것이라고 판단한 무가내의 목소리가 들려온 것이니 당연했다.

그는 두 손으로 황급히 눈의 피를 닦아내고 오른쪽 눈을 뜨려고 애썼다.

그리고 그는 발견했다.

전면 왼쪽 삼 장 거리에 죽었을 것이라고 확신했던 무가내가 장승처럼 우뚝 서 있는 모습을.

"어떻게……."

그는 하나뿐인 눈동자를 굴려 재빨리 무가내의 관자놀이와 목, 옆구리를 살폈다.

멀쩡했다.

체내의 장기가 박살나서 죽기는커녕 적중 부위에 긁힌 상처조차도 없었다.

다만 무영신공권 삼권의 충격으로 적중된 자리에서 삼 장 정도 수면 위를 밀려갔을 뿐이었다.

퍼뜩 무현 진인의 뇌리를 스치는 한 가지 생각이 있었다.

'설마 금강불괴지신이란 말인가?

그것 말고는 지금 눈앞에서 보고 있는 이 어이없는 현상을 설명할 방법이 떠오르지 않았다.

잘 떠지지 않는 오른쪽 눈을 한차례 깜빡이는 순간 무가내가 금강불괴지신일 것이라는 추측은 확신으로 굳어졌다.

그리고 무가내가 왜 마지막 순간에 무현 진인 자신의 얼굴을 통째로 자르지 않고 왼쪽 눈을 찌른 것인지 그제야 이해할 수 있었다.

그는 무현 진인을 죽이는 것에 자신이 있었던 것이다. 언제라도 마음만 먹으면 죽일 수 있다는 뜻이다.

문득 무현 진인은 여태까지는 아무렇지도 않았던 오른팔에 갑자기 찌르르한 통증을 느꼈다. 조금 전까지만 해도 느끼지 못했던 통증이다.

그는 오른팔을 들어 올려보았다. 그런데 팔이 조금도 들리지 않았다.

방금 전까지만 해도 두 손으로 얼굴의 피를 닦았는데 이상한 일이었다.

하지만 자신의 팔을 내려다보려면 무가내에게서 시선을 거두어야 하는데 그사이에 그가 공격을 해올 것 같아서 그럴 수가 없었다.

하지만 무현 진인은 곧 씁쓸한 표정을 지었다.

무가내는 무현 진인 자신의 얼굴을 통째로 자를 수 있었는데도 그러지 않았다.

그것은 죽일 수 있었지만 죽이지 않았다는 뜻이다.

문득 무현 진인은 무가내가 처음에 공격을 하기 직전에 네 번만 공격하겠다고 말했던 것을 기억해 냈다.

그리고 방금 전에 공격한 것이 '삼절마제의 몫'이라고 말한 것도 떠올렸다.

그렇다면 그 말은 무가내가 사대종사를 대신해서 네 번 공격하겠다는 뜻이었다.

무현 진인은 가물거리는 이십여 년 전 별유선당에서의 기억을 떠올리려고 애썼다.

하지만 그 당시에 삼절마제가 왼쪽 눈을 실명했는지, 다른 세 명이 어딜 어떻게 다쳤는지 기억나지 않았다.

다만 그들이 극심한 중상을 입었다는 사실만 기억났다.

그렇다면 무가내는 앞으로 세 번 더 공격할 것이다.

그때마다 삼절마제를 제외한 다른 세 명이 당했던 것과 똑같은 보복을 하려 들 것이다.

거기에 생각이 미친 무현 진인은 문득 자신이 도살장에 끌려온 가축 같다는 생각이 들었다.

무현 진인은 무가내가 언제 공격할 것인지에 대해서 더 이상 신경 쓰지 않기로 하고 고개를 숙여 자신의 오른팔을 내려다보았다.

이어서 그는 적잖이 놀라는 표정을 지었다.

자신의 오른팔 팔꿈치 아랫부분이 완전히 짓이겨져 벌건 핏덩이로 변해 있었기 때문이다.

무현 진인은 그것이 금강불괴지신인 무가내의 몸을 이백십 년 모든 공력을 실어 오른 주먹으로 공격했기 때문에 얻어진 결과라는 사실을 깨달았다.

　조금 전에 앞이 안 보이는 상황에서 두 손으로 얼굴을 문지른 것은 단지 느낌일 뿐이었다.
　실제 오른팔은 마비되어서 들어 올릴 수가 없었던 것이다.
　그는 고개를 들어 씁쓸한 얼굴로 무가내를 쳐다보았다.
　"삼절마제가 왼쪽 눈을 잃었는가?"
　"그렇다."
　"다른 세 사람은 어떤 부상을 입었지?"
　무가내는 말을 잘근잘근 씹는 것처럼 내뱉었다.
　"구주사황은 왼팔을 잃었고, 만독신군은 오른쪽 다리를, 그리고 요선마후는 얼굴과 온몸을 난도질당했지."
　"음……."
　무현 진인은 그들이 당했던 것처럼 자신도 당하리라는 것을, 아니, 그보다 더 처절하게 보복당할 것을 알기에 무거운 신음을 흘렸다.
　그는 연못 주변을 둘러보았다.
　아비규환이 따로 없었다. 그의 눈길이 닿는 곳이 모조리 아비규환의 지옥이었다.
　그것은 싸움이 아니라 일방적인 도륙이었다.
　우림원 도사들은 애당초 무적전사들의 상대가 되지 못했다.
　무적전사들은 실로 무자비하고 잔혹했다.
　명문대파의 고수들은 상대를 죽일 때 고통을 줄여주기 위해서 될 수 있는 한 급소를 찌르거나 베는데, 무적전사들은 닥치는 대로 찌르고 베었다.

그들은 주로 목을 자르거나 정수리를 세로로 쪼개는 잔인한 수법을 사용했다.

그렇지 않으면 몸통이나 팔다리를 닥치는 대로 뎅겅뎅겅 잘랐다.

그래서 연못가에는 도사들의 잘라진 머리나 몸의 일부분들이 어지럽게 널렸다.

그리고 그들이 흘린 피가 실개천을 이루어 연못으로 흘러들어 시뻘겋게 핏빛으로 물들였다.

무현 진인은 참담한 심정을 금할 길이 없었다.

조금 전까지만 해도 그는 셋째 제자와 함께 선문답을 주고받으면서 술잔을 기울이고 있었는데, 지금은 모두 죽을 처지에 놓였다.

'허어… 이십 년 전 별유선당의 일이 그랬듯이 이 또한 운명인 것인가?'

내심 허허롭게 중얼거리던 무현 진인은 왼쪽 눈과 오른팔의 고통이 사라지는 것을 느꼈다.

절박한 심정으로 세속의 끈을 움켜잡고 있으면 만사가 힘겹고 고통스러운 법이다.

그래서 그는 그 끈을 놓아버렸다. 끈을 놓으니 고통도 따라서 사라져 버렸다.

이어서 그는 무가내를 쳐다보며 모든 것을 떠나서 그와 한 판 멋지게 겨루어보리라 생각했다.

"무량수불. 소도우, 우린 하던 일을 계속 하도록 하세."

무현 진인에게서 한시도 시선을 떼지 않고 있던 무가내는 슬쩍 미간을 찌푸렸다.

그가 입가에 온화한 미소를 머금고 있는 것을 발견했기 때문이다.

그 미소는 무가내가 처음 연못 복판의 정자에 왔을 때 무현 진인이 첫 술잔을 따라 주면서 지었던 미소와 흡사했다.

'웃어?'

무가내는 미간에 내 천 자를 슬며시 그렸다.

파앗!

순간 수면을 박차고 일직선으로 곧장 무현 진인에게 쏘아 가면서 석검을 힘껏 움켜잡았다.

'곧 죽을 놈이 웃어? 오냐! 그 웃음이 언제까지 가는지 보자!'

공력을 극한으로 끌어올린 무현 진인은 곧장 쏘아오는 무가내를 마주 응시했다.

그런데 삼 장이라는 그리 멀지 않은 거리를 쏘아오던 무가내의 모습이 갑자기 흐릿해지는가 싶더니 한순간 시야에서 감쪽같이 사라져 버렸다.

'사술?'

무현 진인은 즉시 간파하고 청력을 돋우어 주위를 경계하는 한편, 미정파(微靜波)를 뿜어내서 주변 이 장 이내의 움직임을 감지했다.

미정파는 극히 미약한 진기를 발출하여 일정한 공간 내의 공기를 팽창시켜 자신의 지배하에 두는 것이다.

그것은 마치 일정한 공간에 수백 가닥의 가느다란 거미줄을 빽빽하게 쳐둔 것과도 같다.

그렇기 때문에 상대가 사술이나 환술 따위를 펼쳐 스스로의 모습을 없앴을 때 위력을 발휘한다.

제아무리 사술이나 환술을 펼쳐 자신의 모습을 보이지 않게 만들더라도, 실제로 뼈와 살로 이루어진 육체를 공기처럼 사라지게 할 수는 없는 노릇이다.

그러므로 곤충이 거미줄에 걸려들 듯이, 사술이나 환술을 펼친 사람도 움직이거나 접근하기만 하면 미정파에 걸려들 수밖에 없는 것이다.

무현 진인이 짐작한 것처럼 무가내는 사술을 펼쳐서 감쪽같이 사라졌다.

그러나 그가 펼친 사술은 보통 사술이 아니다. 사도종사인 구주사황이 절학이라고 자부하는 사술인 것이다.

무현 진인은 청력을 극대화하고 미정파를 전개한 상태에서 왼손을 연못가로 뻗어 허공섭물을 발휘했다.

그러자 연못가에 떨어져 있던 한 자루 장검이 쏜살같이 날아와 그의 손에 잡혔다.

바로 그 순간 그의 발밑에서 하나의 물체가 일말의 기척도 없이 솟구쳐 올랐다.

그것은 마치 으스름 달빛으로 생긴 흐릿한 그림자가 물속에 드리워져 있다가 저 혼자 일어서는 것 같았다.

처음에 그림자는 단지 검측측한 색일 뿐이었다.

하지만 그림자의 꼭대기 부분이 무현 진인의 허리께에 이르렀을 때부터 빠르게 사람의 모습을 갖추었다.

문득 무현 진인은 그것이 무가내라는 사실과 자신의 왼쪽 어깨 부위가 선뜻 차가운 것을 희미하게 느꼈다.

무가내가 물속에서 솟구치면서 튀긴 물방울 하나가 그의 무릎에 닿은 듯 그런 미미한 느낌이었다.

결국 무현 진인의 청력과 미정파는 무가내의 움직임을 추호도 감지하지 못했다.

단지 그의 눈이 바로 코앞 물속에서 솟구치는 무가내를 발견했을 뿐이었다.

아주 찰나의 순간, 무현 진인의 뇌리로 무가내가 자신의 뒤에서 솟구쳤을 수도 있었을 테고, 그랬으면 자신이 추호도 감지할 수 없었을 것이라는 생각이 빠르게 스쳐 지나갔다.

키이잇!

그러나 최초에 물속에서 그림자가 솟구치는 것을 발견한 순간 무현 진인은 이미 전 공력을 왼손에 모아 무당파 최고의

검법 태극혜검(太極慧劍)의 마지막 절초식인 천인섬단결(天仞
閃斷訣)을 전개하고 있었다.

알려지기로 천인섬단결은 금종조와 철포삼은 물론 호신막
이나 호신강기마저도 종잇장처럼 찢어발긴다고 했다.

무현 진인은 왼발에 모든 체중을 싣고 수면을 힘껏 딛고는
사력을 다해서 무가내의 목이라고 여겨지는 부위를 향해 장
검을 수평으로 그었다.

삐끗!

그때 돌연 무현 진인의 왼팔과 어깨가 어긋나면서 분리되
기 시작했다.

방금 전 그가 왼쪽 어깨에 차가운 물방울이 튄 것 같은 느
낌을 받았을 때 어깨는 이미 깨끗하게 잘려져 있었다.

무가내는 구주사황의 사술을 이용하여 무현 진인에게 접
근, 역시 구주사황의 성명검법인 월영쾌(月影快)로 그의 왼쪽
어깨를 잘랐다.

최초에는 삼절마제의 수법으로 무현 진인의 왼쪽 눈을 찔
렀고, 두 번째에는 구주사황의 수법으로 왼팔을 자른 것이다.

쉬익!

무현 진인은 왼팔이 잘린 충격으로 몸이 왼쪽으로 기우뚱
기울면서 쓰러졌다.

그의 장검을 움켜잡은 왼팔은 허공으로 붕 떠올랐다가 물
에 떨어지더니 빠르게 가라앉았다.

그는 기우뚱 몸이 왼쪽으로 빠르게 기울었다.

하지만 쓰러지지는 않았다.

잘라진 왼쪽 어깨로 공력을 뿜어내어 수면을 강타시키면서 그 반탄력을 이용하여 왼쪽 어깨가 수면에 닿을 듯이 붙은 자세로 왼발 뒤꿈치를 축으로 삼아 빙그르르 무가내의 오른쪽 뒤쪽으로 빠른 속도로 돌아가면서 왼발을 번개같이 차올렸다.

쉬잇!

목표하는 부위는 단전.

방금 전의 검초식보다 위력은 조금 떨어졌지만 적중만 되면 능히 무가내의 금강불괴지신을 파훼할 수 있을 것이라고 확신했다.

무현 진인의 수법은 순식간에 위기를 기회로 전환시킨 기막힌 임기응변이었다.

그러나 그는 무가내의 절륜한 경신술을 경험해 봤기 때문에 어쩌면 그가 피할지도 모른다는 일말의 불안감을 떨쳐 버리지 못했다.

하지만 무가내는 피하지 않았다.

그 자리에 우뚝 선 채 꼼짝도 하지 않았다.

그러면서 왼손을 어깨 위로 들어 올렸다가 수면에 거의 누운 자세를 취하고 있는 무현 진인을 향해 벼락같이 뻗었다.

꼉!

무현 진인의 왼발은 무가내의 단전 복판에 적중되었지만 마치 철벽을 때린 듯한 소리를 냈다.

퍽!

같은 순간, 무현 진인의 왼발 무릎 위쪽 부위에 강맹한 일장이 적중됐다.

물론 무가내가 발출한 일장이며, 검푸른색으로 청살혈독장이었다.

청살혈독은 독구, 즉 만독신군이 즐겨 사용하는 절독으로, 천하십대절독 중 하나이며 독성에 대해서는 굳이 설명을 할 필요조차 없다.

츠으으…….

그때 독장에 적중된 무현 진인의 왼쪽 무릎 부위가 타면서 녹기 시작하더니 순식간에 왼발 무릎 아래가 사라져 버렸다.

수면에 누운 자세인 무현 진인은 자신의 왼발이 빠르게 타면서 녹아 사라지는 것을 눈으로 똑똑히 목격하면서 표정이 처참하게 일그러졌다.

무가내가 무릎 아래만 중독돼서 녹아버리도록 했기 때문에 무현 진인은 중독되지 않은 상태였다.

그는 왼쪽 눈알이 터졌고, 왼팔을 어깨에서 잘렸으며, 방금 왼발이 무릎에서부터 녹아 사라졌다.

공력이 흩어졌지만 그는 물에 가라앉지 않았다. 무가내가 무형지기로 그의 몸을 붙잡고 있었기 때문이다.

"어떠냐? 이제 잘못을 뉘우치느냐?"

무가내가 무현 진인을 굽어보며 씹어 내뱉듯이 물었다.

그의 모습은 어둠 속에서 두 눈만 붉게 이글거리고 있어서 마치 아수라처럼 섬뜩했다.

무현 진인는 숙연한 표정을 지었다.

"나는 지금에야 결론을 내렸네. 그것은 이십 년 전으로 돌아가 다시 그런 일이 생긴다고 해도, 같은 행동을 할 수밖에 없다는 사실이네."

무가내의 얼굴이 와락 일그러졌다.

"그때 그 일이 잘못하지 않았다는 것이냐?"

"허허… 잘잘못을 떠나서 나는 정파인이기에 정파의 결정에 따를 수밖에 없다는 것일세."

"아가리 닥치고 어서 잘못했다고 빌어라!"

그러나 무현 진인은 대답하는 대신 눈을 감아버렸다.

무가내는 그에게서 원하는 말을 들을 수 없을 것이라고 판단했다.

쏴아아—

순간 무가내의 무형지기에 의해서 무현 진인이 누운 자세로 둥실 떠오르며 물을 뿌렸다.

무가내는 자신의 전면 가슴 높이로 떠올라 누워 있는 무현 진인을 쏘아보며 이를 갈았다.

"저승에 가거든 이제부터 내가 어떻게 네놈들 정파를 짓밟는지 똑똑히 구경해라."

스파아―

이어 그의 석검이 무현 진인을 향해 두어 차례 가볍게 번뜩이며 그어졌다.

육안으로는 그저 두어 차례 그어진 것처럼 보이지만, 사실은 사십팔 번 가로세로로 빛처럼 빠르게 그어진 것이다.

바로 요선마후의 성명검법인 요마사십팔절(妖魔四十八切)의 수법이다.

눈 한 번 깜빡이는 짧은 시간이었지만, 석검에서 전개된 사십팔식이 허공중에 누워 있는 무현 진인의 몸을 빙글빙글 돌리면서 온몸을 무려 사십팔 번 난도질했다.

무현 진인의 몸은 한 바퀴 회전하고 나서 다시 원래처럼 무가내 앞 허공에 누운 자세가 되었다.

그의 온몸은 가느다란 혈선이 무수히 그어져 있었다. 마치 붉은색의 거미줄로 칭칭 묶은 듯한 모습이었다.

문득 무현 진인이 고개를 돌려 하나뿐인 눈으로 무가내를 쳐다보았다.

이어서 그의 얼굴에 온화한 미소가 봄바람처럼 떠올랐다.

"자네의 백로주를 마시지 못하게 돼서 아쉽군."

무가내의 얼굴에 설핏 어이없다는 표정이 떠올랐다.

퍼퍼퍽!

순간 무현 진인의 몸뚱이가 폭발하듯이 산산조각 나서 흩어지며 피를 확 뿌렸다.

그의 몸은 정확하게 사십팔 등분된 상태였다.

무가내 쪽으로 뿜어진 피와 살 조각은 그가 펼친 무형막에 부딪쳐서 튕겨졌다.

사십팔 개의 살 조각들은 멀리 날아가 거의 연못 바깥에 떨어졌고 물에 떨어진 것은 몇 개에 불과했다.

무가내는 그 광경을 무심한 얼굴로 지켜보았다.

문득 무현 진인의 마지막 미소가 눈앞에 아른거리면서 마치 동공을 찌르는 듯한 느낌을 주었다.

무가내는 입술 끝을 씰룩였다.

"죽은 주제에 무슨 개수작을!"

이어서 그는 어깨를 가볍게 슬쩍 흔들어 행운유수처럼 수면 위를 미끄러져 연못가에 내려섰다.

싸움은, 아니, 무적전사들에 의한 일방적인 도륙은 거의 끝나가고 있었다.

겁에 질려 도주하던 도사들은 우림원을 겹겹이 포위하고 있던 혈검전사들에 의해서 한 명도 남김없이 주살됐다.

무적전사들은 피에 굶주린 야차들 같았다.

그들은 대부분 사독요마 출신이다.

예전에 그들은 당금 무림을 장악하고 있는 진명유림이 두려워서 슬슬 피해 다녔었다.

어쩌다가 재수없게 진명유림 고수들에게 걸려들면 어김없

이 수많은 동료들을 잃고 필사의 도주를 해야만 했었다.

진명유림은 고양이고 사독요마는 쥐였다.

진명유림은 정의며 강했고, 사독요마는 해악이고 약했다.

그러나 지금은 아니다.

지금 이 순간만큼은 그것이 뒤바뀌었다.

사독요마의 정예라고 할 수 있는 무적전사들이, 진명유림의 불도진명계 중에서도 최고봉인 무당파 도사들을 쥐새끼처럼, 아니, 벌레처럼 짓이기고 있었다.

무가내가 무현 진인에게 그랬듯이.

무적전사와 혈검전사들은 무당파 도사들에게 맺힌 한을 풀고 있었다.

第四十五章
구유마혈(九幽魔血)

이틀 후.

적멸가인과 은비전검 하승인 등 정협맹 고수들은 항주성 외곽 한적한 장소에서 다른 길로 이동한 정협맹 선발대 천 명과 합류했다.

그들이 그곳에서 반나절을 머무는 동안 나머지 인원 사천 명이 속속 도착하여 총 오천 명이 됐다.

그사이에 밤이 됐다.

무적방 토벌대로 선발된 정협맹 고수 오천 명을 총지휘하고 있는 하승인과 적멸가인은 숙의 끝에 자정에 무적방을 급습하기로 결정했다.

마침내 자정이 되었고, 토벌대 오천 명이 일제히 폭풍처럼 무적방에 들이닥쳤다.

그리고 그들은 무적방에 아무도 없다는 사실을 확인하고 그 자리에서 굳어버렸다.

"몇 번을 말씀드려야 내 말을 알아듣겠소? 나는 전혀 모르는 일이오!"

황룡표국의 대전 안에서 답답하다는 듯한 표국주 은기도의 목소리가 울려 퍼졌다.

단상 위 태사의에는 은비전검 하승인이 깊숙이 몸을 묻은 채 생각에 잠겨 있고, 그 옆에는 적멸가인이 서 있었다.

그리고 두 사람 앞쪽에는 정협맹의 우두머리 급 고수 대여섯 명이 은기도를 빙 둘러싼 채 무엇인가를 닦달하고 있는 중이었다.

자정에 텅 빈 무적방을 급습했던 정협맹 토벌대는 동이 훤하게 터올 때까지 주위 수십 리 일대를 이 잡듯이 뒤졌지만 아무런 성과도 거두지 못했다.

지휘부는 한동안 머리를 맞대고 숙의한 후에 고수 천 명만을 이끌고 곧장 황룡표국으로 들이닥쳤다.

무적방주 무가내와 황룡표국의 관계를 사전에 미리 알고 있었기 때문에 황룡표국을 다그치면 뭔가 알아낼 수 있을지 모른다고 판단한 것이다.

은기도를 비롯한 가족은 대전으로 끌려왔으며, 황룡표국
의 표두와 표사, 쟁자수들은 한 명도 빠짐없이 대전 앞 광장
에 꿇어앉혀졌다.

그들은 자신들이 무엇 때문에 한밤중에 자다가 끌려 나왔
는지 알지 못했다.

"제대로 대답하지 않으면 이따위 표국 하나는 오늘 밤 사
이에 흔적도 없이 사라지고 말 것이오."

은기도를 둘러싼 대여섯 명의 정협맹 고수 중 한 명이 싸늘
한 얼굴로 은기도를 윽박질렀다.

그 말에 은기도의 안색이 창백하게 질렸다. 하지만 그는 곧
발작적으로 부르짖었다.

"조카딸이 절연을 선언하고 나를 떠났을 때 무가내도 같이
떠났었소! 그 이후 나는 그들과 인연을 끊고 살아왔소!"

은기도는 태사의에 앉아 있는 하승인을 애원 어린 표정으
로 쳐다보았지만 그는 외면한 채 생각에 잠겨 있었다.

문득 은기도는 예전에 강소성의 절대자 천중검협이 황룡
표국에 쳐들어와서 자신의 태사의에 앉았을 때 무가내가 그
를 크게 꾸짖었던 일이 스치듯 생각났다.

지금도 그때처럼 중원삼십육태두 중 한 명인 하승인이 앉
아 있지만 무가내는 여기에 없다.

그래서 은기도는 그때 무가내가 무적방주가 되어달라고
부탁했을 때 왜 거절을 했는지 후회가 엄습했다.

그때 하승인 옆에서 생각에 잠긴 표정으로 서 있던 적멸가인이 가볍게 표정이 변하면서 은기도를 쳐다보았다.

잊고 있던 사실 하나가 떠오른 것이다.

"혹시 당신 조카딸이 천상옥봉 아닌가요?"

"맞소만……."

적멸가인은 사뿐사뿐 은기도에게 걸어와 앞에 멈추었다.

"천상옥봉 은예상이 맞죠?"

"그… 렇소."

무슨 꼬투리를 잡힐는지 두려운 은기도는 망설이듯 어눌하게 대답했다.

"그녀의 용모를 자세히 설명해 보세요."

적멸가인은 은기도 앞에 팔짱을 끼고 우뚝 서서 그를 똑바로 주시하며 물었다.

얼음보다 더 차가운 얼굴에, 한풍이 몰아치는 듯한 기도가 한 겹 더해진 적멸가인의 모습에 압도당한 은기도는 쉽사리 입이 떨어지지 않았다.

은기도는 적멸가인이 누군지 한눈에 알아볼 만큼 강호의 경험이 풍부하지는 못했다.

"그 아이는……."

항주성에서는 그래도 세도깨나 부린다는 은기도지만, 비길 데 없이 아름다우면서 동시에 등골이 오싹거릴 만큼 차가운 기도를 풍기는 절세미인 적멸가인 앞에서는 자신도 모르게 입이 얼어붙었다.

적멸가인은 군산 정협맹을 출발하기 전에 무가내에 대한 많지 않은 정보를 숙지했었다.

그중에는 무가내가 항주성 황룡표국 표국주의 조카사위라는 것과 표국주의 조카가 천상옥봉 은예상이라는 내용도 포함되어 있었다.

그녀는 조금 전에 은기도가 '조카딸이 절연을 했다' 라는 말을 듣고 그의 조카딸이 천하제일미 천상옥봉이라는 사실이 문득 기억났다.

그리고 거의 동시에 자신이 항주성으로 오는 도중에 어느 주루에서 만났던 절세미녀의 모습이 반사적으로 떠올랐다.

적멸가인은 무림인들이 자신에게 붙여준 '무림제일미' 라는 칭호에 대해서 별로 자부심이나 관심을 갖고 있지는 않았다.

그러나 이틀 전에 주루에서 만났던 절세미녀는 평소에 사람의 용모에 별로 관심을 갖고 있지 않은 그녀의 눈을 번쩍 뜨이게 만들었었다.

그래서 그녀는 방금 은기도의 말을 듣고 혹시 그 절세미녀가 천상옥봉이 아니었을까 하고 의구심을 품어본 것이다.

은기상은 정협맹 고수가 두어 번 호통을 치고 나서야 정신을 수습하고 천상옥봉의 용모에 대해서 어눌한 어조로 설명했다.

하지만 설명을 끝까지 듣기도 전에 적멸가인은 그 절세미녀가 천상옥봉이라는 사실을 확신했다.

은기도의 천상옥봉에 대한 설명 한마디 한마디는 그녀가 기억하고 있는 주루에서 만났던 절세미녀의 용모와 어김없이 꼭 들어맞았던 것이다.

적멸가인의 아미가 잔뜩 찌푸려졌다.

'그렇다면 그놈이!'

반사적으로 무가내의 느물거리는 모습이 떠올랐다.

주루에서 무가내와 은예상은 마치 부부나 연인처럼 다정하게 행동했었다.

안타깝게도 정협맹에서 조사한 보고서에는 무가내에 대한 자세한 용모파기가 포함되어 있지 않았다.

그래서 무가내를 코앞에 두고도, 아니, 그에게 일장을 적중시켜 혼절시켜 놓고서 오히려 진기를 주입해 준 후 잘 돌봐주라는 위로의 말까지 하고 떠나오면서도 그를 알아보지 못한 적멸가인이었다.

그녀는 무가내와 헤어지고 나오다가 주루 앞에 세워진 화려한 사두마차와 여러 필의 말들을 발견했었다.

그때 그녀는 그 마차가 무가내와 천상옥봉이 타고 왔을 것이라고 짐작했었다.

당금 무림에서 가장 큰 화제를 뿌리고 또 관심을 한 몸에 받고 있는 무적방주가 방을 깡그리 비워놓고 무슨 수작을 부리고 있는 것인지는 현재로선 알 수 없다.

그러나 한 가지 사실만은 분명했다.

'그놈은 어딘가로 가고 있는 중이다! 그리고 무슨 수작을 꾸미고 있는 것이 분명하다!'

적멸가인은 몸을 돌려 하승인에게 빠르게 말했다.

"대협, 놈이 어디에 있는지 알았어요."

하승인과 주변에 있던 정협맹 고수들이 의아한 표정으로 그녀를 주시했다.

적멸가인은 싸늘한 표정을 지었다.

"건덕현 주루에서 내게 치근거리던 자를 기억하시죠?"

하승인은 고개를 끄덕였다.

"기억하네. 자네가 일장을 가격했잖은가?"

"그자가 바로 혈풍신옥이에요."

적멸가인은 눈가루를 뿌리듯이 내뱉고는 빠르게 대전 입구 쪽으로 걸어갔다.

건덕현에서 항주성까지 오는 데 이틀이 걸렸다.

그사이에 무가내 일행은 이틀 걸리는 거리만큼 어딘가로 갔을 것이다.

그렇다면 도합 나흘 거리다.

하지만 적멸가인 일행이 건덕현에서 항주성으로 올 때 전력 질주를 하지는 않았다.

만약 지금부터 전력으로 건덕현까지 간다면 하루 반이면

도착할 수 있을 것이다.

또한 무가내는 느린 마차를 타고 갔으니 이틀 걸리는 거리를 갔다고 해도 적멸가인 등의 속도와 비교했을 때 하루 정도의 거리만큼 갔을 것이다.

그렇다면 적멸가인과 무가내의 거리는 도합 이틀 반이다.

대전을 나서는 적멸가인의 눈에서 시린 한광이 쏟아졌다.

'이놈! 감히 나를 농락해?'

그녀는 건덕현의 주루에서 무가내가 자신들의 신분을 알고 있었을 것이라고 판단했다.

그래서 더욱 치가 떨리고 분노가 치밀었다.

*　　　*　　　*

객잔의 객방 안.

무가내는 땀을 비 오듯이 흘리고 약간 숨을 헐떡이면서 자미룡의 몸에서 손을 뗐다.

"이제 됐다. 일어나서 운공조식을 해라."

무가내가 일어나라고 했지만, 자미룡은 침상에 반듯한 자세로 누운 채 꼼짝도 하지 않았다.

무가내는 여태 반 시진에 걸쳐서 자미룡의 임독양맥을 소통시켜 준 직후라 기진맥진했다.

그는 자미룡이 일어나지 않자 한 번 더 일렀다.

“일어나서 운공조식 해봐라.”

“꼭 해야 돼요?”

그런데 가만히 누워 있는 자미룡의 대답은 의외였다.

무가내는 자미룡을 보면서 그녀가 피곤하기 때문에 그럴 것이라고 생각했다.

그는 일어나면서 대꾸했다.

“아니, 나중에 해도 돼.”

이어서 그는 바닥에 털썩 주저앉더니 가부좌를 틀고 운공조식을 시작했다.

잠시 후 자미룡은 가만히 상체를 일으켜 물끄러미 무가내를 바라보았다.

그녀의 두 눈에, 그리고 얼굴에 감추기 어려운 사랑스러움이 가득 떠올랐다.

그것은 염안마령술에 제압됐을 때와는 전혀 다른 눈빛이고 표정이었다.

이각 정도의 시간이 흘렀다.

자미룡은 두 눈을 더할 수 없이 크게 뜨고 무가내를 바라보고 있었다.

지금 무가내의 머리 위에는 다섯 개의 각자 다른 색의 둥근 원이 다섯 방향을 향해 오각(五角)을 이룬 상태로 떠서 은은한 광채를 흩뿌리고 있었다.

그것들 전체는 작은 탁자 정도의 크기였다.

그런데 다섯 개의 원 한복판에 또 하나의 원이 자리를 잡고 있었다.

그것은 자주색인데 다른 다섯 색깔의 원들에 비해서 색이 옅었고 크기도 작았다.

'맙소사… 등봉조극의 경지라니…….'

자미룡은 무가내가 운공조식 중이라서 입 밖에 말을 꺼내지는 못하고 속으로만 탄성을 터뜨렸다.

그녀는 무가내가 공력이 매우 높을 것이라고 어렴풋하게나마 짐작하고는 있었지만 설마 등봉조극의 경지일 줄은 꿈에도 몰랐었다.

'아냐… 등봉조극이 아니라 육식귀원으로 진입하는 과정이야. 맙소사!'

그렇게 내심 찬탄을 터뜨리는 그녀의 시선은 무가내 정수리 위에 떠 있는 자주색 원에 고정되어 있었다.

무림의 몸을 담고 있는 사람들이라면 내공의 경지에 대해서 너무도 잘 알고 있으니 자미룡이라고 예외는 아니다.

무가내가 육식귀원의 경지에 이르게 되면 머리 위에 떠 있는 여섯 개의 원, 즉 육색별환(六色別丸)이 합쳐져서 하나의 커다란 접시 모양의 고리가 될 것이고, 그 고리는 여섯 색깔의 띠를 이룰 것이다.

'아… 오빠는 정말 잘난 사내야……!'

원래 눈에 콩깍지가 씌어져 있던 그녀의 눈에 이제는 아예 호박 껍질이 씌워졌다.

그때 무가내 머리 위에 떠 있던 여섯 개의 환이 이지러지면서 기체로 화해 그의 콧속으로 흡수되고 있었다.

자미룡은 그가 운공조식을 끝냈다는 사실을 깨닫고 급히 처음처럼 침상에 반듯하게 누워서 눈을 꼭 감았다.

무가내는 아까와는 달리 개운한 모습으로 일어나 자미룡을 보며 약간 어이없다는 표정을 지었다.

"진아, 아직도 누워 있는 거야?"

"해줘요."

그러자 자미룡이 누운 채 불쑥 말했다.

그런데 웬일인지 그녀의 목소리는 촉촉하게 젖어 있었다.

무가내는 침상 옆에 서서 의아한 얼굴로 그녀를 굽어보았다.

"뭘?"

자미룡은 눈을 감고 있었다.

"지난번에 그거……."

"그게 뭔데?"

자미룡의 꼭 감은 눈 사이로 뻗은 긴 속눈썹이 가늘게 떨리고 있었다.

"지난번에… 저를 침상에 눕게 하고 만져 주었잖아요."

그녀는 은예상하고는 다르다.

"어딜 만져?"

그녀는 원하는 것은 그것이 무엇이라도 용감하게 제 스스로 요구하는 당찬 성격이다.

"여기."

그녀는 자신의 아랫배에 살며시 손을 얹어놓았다.

당찬 성격의 그녀지만 만져 달라는 부위까지 가리키면서는 뺨이 발그레 붉어졌다.

"그거?"

무가내는 비로소 알아차리고 히죽 웃으면서 그녀 옆 침상 가에 걸터앉았다.

사실 그는 무현 진인의 일이 영 개운치 않았고, 조금 전에 자미룡의 임독양맥을 소통시켜 준 터라 몸도 마음도 상쾌하지 않은 상태였다.

그러나 그가 중원에 나와서 생긴 새로운 성격이 하나 있었다.

그것은 자신과 가까워진 사람들의 부탁을 거절하지 못하는 것이었다.

자미룡은 눈을 뜨지 않았지만 무가내가 자신의 옆에 앉는 것을 느끼며 금세 몸이 달아올랐다.

지난번에 느꼈던 그 뜨거운 쾌감을 이제부터 다시 맛본다는 기대감에 그녀의 숨결이 가빠졌다.

그때였다.

"주군, 균현입니다."

자미룡의 뜨거워지고 있는 육체에 찬물이 끼얹어졌다.

"들어오게."

무가내는 침상에 걸터앉은 채 자미룡의 바지 괴춤으로 손을 쑥 집어넣었다.

균현더러 들어오라고 하면서 바지 속에 손을 넣다니…….

자미룡은 이미 속곳 속에서 자신의 옥문을 만지기 시작한 무가내의 손목을 잡아 급히 바지 속에서 빼내며 벌떡 일어나 앉았다.

아쉬웠지만 무가내가 자신의 옥문을 만지고 있는 장면을 외인에게 보이고 싶지는 않았다.

"왜? 해달라면서?"

무가내는 균현이 들어서는 것은 쳐다보지도 않고 자미룡을 보며 물었다.

뻔뻔하고 후안무치하기로는 자미룡도 만만치 않았지만 무가내에게는 못 당했다.

"저 사람 가거든 해줘요."

자미룡은 무가내 앞에 와서 공손히 예를 취하는 균현을 눈짓으로 가리키며 아예 대놓고 말했다.

그래도 하지 않겠다는 말은 죽어도 하지 않는 그녀였다.

"알았어. 무슨 일인지 말해보게, 균현."

또한 해주지 않겠다고 말하지 못하는 무가내다.

과연 두 사람은 그 나물에 그 밥이었다.

균현은 정중하게 입을 열었다.

"안타깝게도 두 분께서 하실 일은 오늘 밤에 하지 못하게 될 것 같군요."

자미룡에게 봉사하는 일이 그다지 탐탁지 않았던 무가내는 벌떡 일어났다.

"무슨 일인가?"

"구유마혈이 주군을 뵙고 싶다고 찾아왔습니다."

"누구……."

누구냐고 물으려던 무가내는 구유마혈이 누군지 생각나서 뒷말을 잇지 않았다.

또한 무엇 때문에 찾아왔느냐고도 묻지 않았다. 짐작할 수 있기 때문이었다.

"안내하게."

다만 가볍게 고개를 끄덕여 균현을 앞세워 방을 나갔다.

구유마혈.

그는 당금 무림의 사독요마의 집합체인 총혈계에서 가장 꼭대기에 있는 두 명 중 한 명이었다.

균현은 묵고 있는 객잔에서 나와 무가내를 근처의 어느 강변으로 안내했다.

강둑에서 무가내는 강가의 커다란 바위들이 무질서하게 흩어져 있는 곳 주변에 수십 명이 모여 있는 것을 발견했다.

한 명이 강둑을 등진 채 강을 향해 따로 떨어져서 뒷짐을 진 자세로 서 있었다.

그리고 그의 양쪽에 십오 명씩 삼십 명이 서로 마주 보는 형태로 호위하듯 도열해 있었다.

무가내는 혼자 강을 보고 있는 인물이 구유마혈일 것이라고 생각했다.

무가내는 경공을 펼치지 않고 그저 산책을 나온 사람처럼 천천히 걸어갔다.

구유마혈은 무가내가 오고 있다는 사실을 감지했을 것이고, 그가 자신의 등 뒤 오륙 장까지 다가오고 있는데도 뒤돌아보지 않고 있었다.

구유마혈 왼쪽의 십오 명은 핏빛에 가까운 혈의 단삼을 입었으며 어깨에는 한 자루씩의 핏빛 혈도(血刀)를 멨다. 이마에는 붉은 띠를 두르고 허리에는 가죽 요대, 발에는 정강이까지 올라오는 가죽신을 신었는데, 전체적으로 한껏 멋을 낸 모습이었다.

오른편의 십오 명은 흑의 단삼을 입었고 오른쪽 허리에는 둥글게 말린 구절편(九節鞭)을 찼으며, 왼쪽 허리에는 대파도(大破刀)를 차고 있다는 점이 다를 뿐, 혈의단삼인과 별로 다르지 않은 멋진 모습이었다.

그들 삼십 명은 잘 훈련된 듯했으며, 일견하기에도 일류고수 이상인 듯했다.

무가내와 균현은 양쪽으로 늘어선 그들 가운데를 지나 구유마혈의 등 뒤 네 걸음쯤에 멈추었다.

그런데도 구유마혈은 뒤돌아보지 않았다.

아예 무가내와 균현의 존재를 모르는 듯 밤하늘을 올려다본 채 꼼짝도 하지 않았다.

철저한 무시였다.

총혈계의 우두머리인 구유마혈이 무가내를 찾아왔다면 당연히 중요한 용건이 있을 것이다.

더구나 구유마혈과 무가내는 초면이다.

그런데도 구유마혈은 죽을 때까지 뒤돌아서지 않을 것처럼 꼼짝도 하지 않았다.

균현은 구유마혈의 등을 보면서 못마땅한 표정을 지었다.

구유마혈이 비록 총혈계의 두 우두머리 중 한 명이지만, 지금 그의 뒤에 서 있는 무가내는 사대종사의 공동 전인이나 다름없는 신분이었다.

삼절마제의 심복인 마도십혈의 여섯 번째, 즉 마육혈인 구유마혈 따위가 함부로 무시할 신분이 아닌 것이다.

그렇지만 균현은 잠자코 있었다. 무가내가 무슨 생각을 하고 있는지 알지 못하기 때문이었다.

그렇게 얼마간의 시간이 침묵 속에 흘렀다.

양쪽에 늘어서 있는 삼십 명의 고수는 날카로운 시선으로 무가내를 주시하고 있었다.

　그들의 눈빛이 칼이라면 무가내의 몸은 벌써 갈가리 베어져 도막이 났을 것이다.

　균현은 무가내의 뒤에 서 있어서 그의 얼굴 표정을 볼 수가 없었기에 일각의 시간이 흐르도록 어떤 조치를 취하지 못하고 있었다.

　그러나 사실 무가내는 생각에 잠겨 있는 중이었다.

　그는 자신이 사대종사의 진전을 고스란히 물려받은 사실을 부인하고 싶지 않았다.

　그러므로 아울러 자신이 사독요마와 떼려야 뗄 수 없는 필연적인 관계인 것도 부인하지 않았다.

　그는 이미 천하를 쟁패하겠다고 선언한 바 있다.

　물론 천하 위에 군림을 하고, 사독요마가 천하를 지배하는 세상을 만들려는 것이 최종적인 목표다.

　지금 무가내는 총혈계를 거둘 것인가, 아니면 무적방 단독으로 천하쟁패를 이룰 것인가를 생각하고 있는 중이었다.

　그리고 그는 마침내 총혈계를 거두기로 결론을 내렸다.

　무적방이든, 총혈계든 그것들을 이루고 있는 사람들은 모두 사독요마 출신이기 때문이었다.

　그것은 모두 형제라는 뜻이다.

　형제는 함께 가야지 따로 찢어져서 다른 길로 가면 안 된다는 것이 무가내의 생각이었다.

　이윽고 무가내가 오랜 침묵을 깨고 조용히 입을 열었다.

"네가 구유마혈이냐?"

균현은 무가내가 대뜸 하대를 하자 가볍게 표정이 변했으나 과연 주군답게 거침없다는 생각이 들어 이번에는 구유마혈의 반응을 기다렸다.

무가내가 구유마혈에게 하대를 하는 것은 지극히 당연했다.

균현이 알고 있는 구유마혈은 매우 강퍅한 성격에 스스로를 꽤나 존귀하게 여겨 남들이 자신을 떠받드는 것과 형식적인 것을 좋아했다.

어떻게 보면 소박하고 상하 구별 없이 잘 어울리는 무가내하고는 극과 극의 성격이었다.

무가내의 말에 구유마혈은 아무런 반응을 보이지 않았지만, 양쪽에 늘어서 있는 삼십 명의 고수는 눈에서 살기를 뿜으며 무가내를 쏘아보았다.

이윽고 구유마혈이 천천히 돌아섰다.

균현은 무가내보다 키가 더 크고 체구도 반 이상 큰 편이지만, 구유마혈은 그런 균현보다 키도, 체구도 더 컸다.

구유마혈은 키나 체구뿐 아니라 나이도 균현보다 대여섯 살 많은 육십칠팔 세로 보였다.

그는 모든 것이 크고 굵직굵직하게 생겼다.

두 팔과 다리도 길었으며, 사각의 얼굴에는 성근 반백의 수염을 길렀고, 화등잔처럼 부리부리한 눈에서는 보는 사람을 위압하는 번뜩이는 안광이 흘러나왔다.

오른쪽 어깨에는 한 자루 붉은 검집의 검을 메고 있는데, 언뜻 보기에도 평범한 검은 아닌 듯했다.

구유마혈은 똑바로 무가내를 주시했다.

당금 무림의 사독요마 중에서 가장 높은 신분인 구유마혈과 무가내의 첫 대면이었다.

무가내 뒤에 균현이 서 있었지만 구유마혈은 그에게 눈길 한 번 주지 않았다.

무가내는 담담한 표정으로 구유마혈을 마주 쳐다보았다.

아니, 그의 입가에는 엷은 미소가 떠올라 있었다.

상대가 처음 대하는 인물이지만, 혈검의 심복 수하였다는 사실 때문에 왠지 친근함이 느껴졌다.

"네가 구유마혈이냐고 물었다."

무가내는 다시 한 번 같은 말을 반복했다.

상대가 혈검의 심복이었고, 별호에 그가 좋아하는 '마' 나 '혈' 이 두 글자나 들어가 있어서 제 딴에는 많이 양보를 하고 있는 것이다.

하지만 구유마혈은 무가내의 양보심을 알아차리지 못했다.

오히려 어린 무가내가 초면에 대뜸 하대를 하는 것에 심기가 편치 않았다.

하지만 구유마혈은 자존심이 강한 것 이상으로 신중한 인물이기도 했다.

사실 그는 무가내에 대해서 알고 있는 것이 무림인들이 알고 있는 정도뿐이었다.

그도 그럴 것이, 무가내나 무적방에 대해서 누가 총혈계에 알려주지도 않았고, 알아볼 수도 없었다.

총혈계에는 정보를 수집하고 분석하는 조직이 있기는 하지만 개방의 일개 분타에도 못 미치는 수준이라서 무적방이나 무가내에 대해서 조사하는 것은 언감생심 엄두도 내지 못하는 형편이었다.

무가내의 두 번째 물음에도 구유마혈은 대답하지 않았다.

그러자 무가내는 가볍게 혀를 차며 미간을 좁혔다.

"쯧쯧… 너는 색깔만 혈검을 닮았군?"

알 수 없는 이름을 들먹이며 자신과 색깔만 닮았다고 하자 구유마존은 가볍게 눈살을 찌푸렸다.

그러자 균현이 나직한 목소리로 설명해 주었다.

"혈검이란 마종사의 별명이오."

순간 구유마혈의 표정이 흠칫 가볍게 변했다.

그는 잠깐 균현을 쳐다보았다가 다시 무가내에게 시선을 주고 처음으로 입을 열었다.

"그분을 아느냐?"

"응."

무가내는 가볍게 고개를 끄덕였다.

　죽을 때까지 표정의 변화가 없을 것 같던 구유마혈의 얼굴
에 작은 홍분과 기대감이 설핏 떠올랐다.
　"그분은 어디에 계시느냐?"
　"오악도."
　구유마혈은 무가내의 말이 끝나기를 기다리지 못하고 숨
가쁘게 재차 물었다.
　"그곳이 어디냐?"
　무가내는 구유마혈이 자신에게 하대를 하는 것에 대해서
개의치 않았다.
　어느 정도 학식이 쌓여서 예절을 알고 있는 그였지만, 자신
이 상대에게 말을 놓으면 상대도 능히 그럴 수 있다고 생각하
기 때문이었다.
　"넌 말해줘도 모른다."
　구유마혈은 약간 뜸을 들였다. 무엇을 물으려는 것인데 대
답을 듣는 것이 두려운 듯했다.
　이윽고 그는 쩍쩍 갈라진 목소리로 어렵사리 입을 열었다.
　"그분께서는 살아 계시느냐?"
　"누구? 혈검?"
　"그렇다."
　무가내는 오악도에 있을 혈검을 떠올리고 히죽 웃었다.
　"살아 있기는 하지만 지금쯤 거의 죽어가고 있을걸?"
　구유마혈은 움찔 표정이 변했다.

그뿐만이 아니라 균현도 적잖이 놀랐다.

"무, 무슨 소리냐?"

무가내는 해맑게 웃었다.

"하하하! 내가 없으니 심심해서 죽으려고 할 거란 얘기야! 혈검이나 소기, 독구, 빙염 누나까지 모두!"

구유마혈은 가볍게 어이없다는 표정을 짓더니 다시 미간을 좁히며 물었다.

"소기, 독구, 빙염은 누구냐?"

이번에도 균현이 대답했다.

"사대종사의 다른 세 분이오."

구유마혈은 눈을 휘둥그렇게 뜨고 크게 놀라는 표정을 지었다. 그는 극도의 경악과 기쁨을 힘겹게 참으며 물었다.

"네 분이… 모두 살아 계시다는 말이냐?"

무가내는 고개를 끄덕였다.

"병신이 되기는 했지만 네 마물은 모두 건강하게 잘 있어."

"병신……?"

균현이 착잡한 얼굴로 설명해 주었다.

"제이차 혼천대전 이후 정협맹주 이하 열다섯 명이 대마종과 사대종사를 대파산 별유선당으로 유인, 함정을 팠다는 것까지는 알고 있을 것이오. 그 당시의 일로 대마종께선 돌아가신 것 같고, 삼절마제는 한쪽 눈을 잃으시고, 구주사황은 팔

을, 만독신군은 다리를, 요선마후는 얼굴과 온몸을 무참하게
난도질당하셨다고 하오.”

그 말에 구유마혈뿐만 아니라 도열해 있던 삼십 명도 크게
놀라는 표정을 지었다.

“그런 일이… 있었단 말인가?”

대마종과 사대종사에게 닥친 일은 천하의 수십만 사독요
마들이 까맣게 모르고 있던 너무도 엄청난 과거의 비사였
다.

균현의 말을 듣고 난 구유마혈은 폭발할 것 같은 분노를 가
라앉히느라 한동안 수염을 부들부들 떨면서 힘껏 어금니를
악물고 있었다.

그러나 분노 중에 그는 한 가지 사실을 떠올렸다.

사대종사가 모두 아직껏 생존해 있다는 사실이었다.

그 사실은 잠시 후에 그의 분노를 말끔히 씻어주고도 남음
이 있었다.

균현의 말이 사실이라면, 사대종사는 조만간 돌아올 것이
며 사독요마를 부흥시킬 것이 분명했다.

방금 전까지만 해도 분노에 치를 떨었던 구유마혈은 이제
기쁨에 몸을 떨기 시작했다.

그때 균현이 조용하게 설명을 이었다.

“그래서 현재 주군께서 그 당시 대마종과 사대마종을 합공
했던 열다섯 명, 즉 별유십오오인을 찾아 한 명씩 복수를 하고

계시는 중이오.”

구유마혈은 얼마 전에 구양중겸과 천중검협이 무가내에게 죽었다는 소문을 들었던 일을 떠올렸다.

“그럼… 극신도황과 천중검협이 별유십오인이었나?”

“극신도황은 아니오.”

균현은 잠시 망설이다가 말을 이었다.

“어젯밤에 주군께서 별유십오인의 또 한 명을 죽이셨소.”

구유마혈은 조금 긴장하는 표정을 지었다.

“누군가?”

“무당파 무현 진인이오.”

“무현 진인…….”

구유마혈은 어이없다는 듯한 얼굴로 균현과 무가내를 번갈아 쳐다보았다.

무현 진인은 당금 무림의 최고 배분으로 구유마혈보다 한 수 위의 초절정고수다.

이십 년 전에 무현 진인은 사대종사보다 하수였으나, 현재는 이십 년 전의 사대종사와 비슷한 수준이 됐다.

그런 무현 진인을 무가내가 죽였다고 하니 놀라지 않을 재간이 없었다.

하지만 균현이 거짓말을 할 리가 없다.

무현 진인이 정말 죽었다면 조만간 무당파가 발칵 뒤집힐 것이고, 소문이 무림에 파다하게 퍼질 것이다.

양쪽에 도열해 있는 삼십 명의 고수는 제 딴에는 여태 무가 내와 균현을 위압하느라 갖은 기세를 다 부리고 있었는데 한순간 온몸에서 힘이 빠져 버렸다.

무가내 같은 절세고수 앞에서 기세를 부려봐야 무슨 소용이 있겠는가.

구유마혈이 적잖이 놀라고 있는 모습을 보면서 균현은 은근히 어깨가 으쓱거렸다.

그동안 총혈계에서 자신이 찬밥 신세였던 기억이 새삼스럽게 떠올랐다.

"주군께서 무현 진인을 어떻게 죽였는지 아시오?"

구유마혈은 놀라움이 가시지 않은 얼굴로 균현을 쳐다보았다.

균현은 약간 빼기듯이 우쭐거렸다.

"일초식은 삼절마제의 참마인으로 무현 진인의 왼쪽 눈알을 뽑고, 이초식은 구주사황의 월영쾌로 팔을 자르고, 삼초식은 만독신군의 청살혈독장으로 한쪽 발을 녹여 버렸으며, 마지막 사초식으로는 요선마후의 요마사십팔절로 무현 진인의 온몸을 마흔여덟 조각으로 갈가리 잘라서 죽여 버리셨소."

"……."

"허허헛! 주군께선 단 사 초식으로 무현 진인을 저승으로 보냈소! 얼마나 통쾌했는지 당신도 그 광경을 직접 봤어야 하는데 말이오!"

구유마혈의 얼굴에 경악지색이 가득 떠올랐다.

무가내는 조금 전에 구유마혈에게 사대종사가 어떻게 병신이 됐는지 말해주었다.

그런데 무가내는 똑같은 방법으로 무현 진인을 처참하게 죽여 버린 것이다.

그것도 단 사 초식으로.

너무도 엄청난 일이다.

더구나 무가내는 사대종사의 절학들을 자유자재로 사용했다고 한다.

구유마혈은 균현이 거짓말할 리가 없다는 것을 잘 알면서도 좀체 믿어지지 않았다.

더구나 순진무구한 얼굴을 하고 있는 무가내를 쳐다보면 더욱 그랬다.

그때 무가내가 구유마혈에게 불쑥 물었다.

"그런데 너는 왜 나를 보자고 한 것이냐?"

"나는……."

너무 큰 놀라움.

즉, 사대종사가 아직도 살아 있으며, 무가내가 그의 공동 제자일 것이라는 추측.

또한 그가 무현 진인을 사 초식 만에 갈가리 찢어서 죽였다는 사실 때문에 충격을 받아서, 자신이 무엇을 하러 무가내를 만나려고 했는지를 잠시 잊고 있던 구유마혈은 그제야 정신을 약간 수습했다.

사실 그는 무가내와 무적방을 총혈계에 흡수하려고 어려운 발걸음을 한 것이다.

무가내를 만나기 전까지만 해도 그의 계획은 충분히 가능성이 있을 것처럼 여겨졌었다.

무적방은 전원이 사독요마로 이루어졌고, 총혈계는 전 무림의 사독요마를 자신들이 지배해야 한다고 믿고 있다.

더구나 총혈계 휘하 사마절강혈계의 계주 신분인 균현이 무적방에 깊숙이 관여하고 있으니, 그를 움직이면 무적방을 총혈계로 흡수하는 것은 그다지 어려운 일이 아닐 것이라고 여겼던 것이다.

그렇지만 그것은 구유마혈의 철저한 계산 착오였다.

이처럼 엄청난 무가내를 자신의 휘하로 거두려는 계획이 도대체 엄두가 나지 않았다.

"나는 네가 어떤 사람인지 직접 보려고 왔다."

그래서 구유마혈은 말을 바꾸었다.

이 상황에서 자신의 목적을 솔직하게 말하면, 남들이 비웃기 전에 스스로 자신이 너무도 가증스러워서 견디지 못할 것만 같았다.

그는 무가내의 정체를 알게 됐는데도 그에게 예의를 갖추지 않고 있었다.

아직 그에 대해서 확신이 서지 않았기 때문이다.

그러기 전에는 자신과 망혼광악이 총혈계의 좌우총계주이며, 천하 사독요마의 최고 우두머리인 것이다.

第四十六章

떠오르는 태양

무가내는 아직 순진한 얼굴을 유지하고 있었다.

"그래? 직접 보니까 어때?"

구유마혈은 빠르게 냉정을 되찾고 있었다.

"음! 나는 네가 사대종사의 공동 전인이라는 사실을 믿을 수가 없다."

"그럼 믿지 마."

무가내가 간단하게 말하자 균현은 씁쓸한 미소를 지었다.

"나는 네 마물의 공동 제자가 아냐."

구유마혈은 무가내가 설마 그렇게 말할 줄은 몰랐기 때문에 일순 약간 어이없다는 표정을 지으며 할 말을 잃었다.

“그럼… 뭐지?”

“친구야.”

구유마혈의 얼굴이 확 구겨졌다.

백 살이 다 돼가는 전대 마물들과 아직 귀때기가 새파랗게 어린 무가내가 친구라니, 열흘 삶은 호박에 이도 들어가지 않을 소리였다.

구유마혈이 인상을 쓰면서 막 뭐라고 말하려는데, 무가내가 뒤돌아보지 않은 채 균현에게 물었다.

“균현, 내가 총혈계를 거두는 것은 어떨까?”

균현은 빙그레 미소 지었다.

“주군 뜻대로 하십시오.”

구유마혈은 놀라고도 기가 막혀서 입을 약간 벌린 채 아무 말도 못했다.

아가사창(我歌査唱). 내가 부를 노래를 사돈이 부르고 있는 격이었다.

무가내는 짐짓 진지한 얼굴로 가볍게 고개를 끄덕이면서 한술 더 떴다.

“오합지졸이나 다름없는 총혈계를 거두어서 제대로 가르치려면 고생 좀 해야겠지만, 어차피 그들도 사독요마니까 나 아니면 누가 거두어주겠어? 안 그래?”

“그렇지요.”

무가내는 인심 쓰듯이 말했다.

"내가 거두지 않으면 불쌍한 신세들이 될 거야."

"그럴 겁니다."

균현은 빙그레 엷은 미소를 지으면서 변죽을 울렸다.

구유마혈은 무가내가 총혈계를 마치 좌판에서 싸구려 물건 하나를 고르는 것처럼 거두려고 하자 발끈했다.

"무슨 헛소리냐?"

그는 인내심이 강한 편이지만, 일단 화가 나면 물불을 가리지 못하는 성미였다.

"사실 나는 내가 너희를 거두……."

"구유마혈."

구유마혈이 욱! 하며 자신의 속셈을 소리쳐 말하려는데 무가내의 조용한 목소리가 잘랐다.

그리고 무가내는 구유마혈을 향해 천천히 돌아섰다.

구유마혈은 그를 보다가 갑자기 세차게 온몸을 떨었다.

무가내는 방금 전까지의 순진무구한 모습이 아니었다.

그 대신 그는 어떤 낯익은 기도를 전신에서 파도처럼 뿜어내고 있었다.

쳐다보고 있으면 저절로 압도당하고, 단지 '죽음과 무심' 두 가지만을 생각나게 만드는 기도.

'맙소사… 주… 주군의 기도가 아닌가!'

그렇다. 지금 구유마혈은 무가내에게서 삼절마제의 기도를 너무도 생생하게 느끼고 있었다.

구유마혈은 바짝 긴장하여 자신도 모르게 자세를 바로 하며 마른침을 삼켰다.

무가내는 허리를 곧게 펴고 뒷짐을 진 채 똑바로 구유마혈을 응시하며 입을 열었다.

"너는 혈검의 몇 번째 수하냐?"

"……."

구유마혈은 오금이 저릿저릿했다.

무가내가 눈을 약간 오므려 반개하는 것이나 말을 하면서도 입술을 거의 벌리지 않는 것, 그리고 말하는 억양까지도 영락없는 삼절마제였다.

삼절마제와 오랫동안 함께 생활하지 않았다면 절대 흉내 내지 못하는 행동이었다.

그러나 구유마혈은 지금 무가내가 삼절마제의 흉내를 내는 것이 아니라고 생각했다.

무가내가 바로 삼절마제였다.

무가내 자신은 그것을 못 느끼고 있지만, 그가 삼절마제의 관점에서 구유마혈을 대해야겠다고 마음먹은 순간, 그는 삼절마제의 모든 것을 그대로 재현해 내고 있었다.

사실 그는 오악도에서 십팔 년 동안 생활하면서 삼절마제하고 가장 많이 으르렁거렸지만, 실상은 그를 가장 따랐기 때문에 그랬던 것이다.

그래서 자신도 모르는 사이에 그를 많이 닮게 된 것이다.

무가내는 질문을 던져 놓고 묵묵히 구유마혈을 주시했다.

'허억!'

구유마혈은 무가내를 쳐다보다가 급히 눈을 내리깔았다.

깊숙이 가라앉은 눈빛이지만 보는 이의 뇌를 터뜨려 버릴 듯한 칼날 같은 예기를 느꼈기 때문이다.

그 눈빛 역시 삼절마제의 눈빛 그대로였다.

옆에서 지켜보던 균현조차도 바짝 긴장하여 옷깃을 여미고 자세를 바로 했다.

구유마혈은 눈을 내리깔고 가만히 있다가 불현듯 무가내가 침묵을 지키고 있다는 사실을 깨달았다.

일단 질문을 던지면 두 번 다시 묻지 않고 침묵을 지키며 기다리는 것.

그 역시 삼절마제 특유의 성격 중 하나였다.

구유마혈은 힐끗 균현을 쳐다보았다.

너무 놀란 나머지 조금 전에 무가내가 무엇을 물었는지 제대로 듣지 못했기 때문에 균현에게 도움을 청하는 것이었다.

균현은 전음으로 구유마혈에게 알려주었다.

구유마혈은 바짝 마른 입술에 한차례 침을 바르면서 입을 열었다.

"나는… 마도십혈의 여섯째다."

그러면서도 그는 무가내에게 여전히 하대를 하는 정신력을 보여주고 있었다.

만약 마지막 남은 그마저도 무너진다면 그는 무릎을 꿇어야만 할 것이다.

무가내는 삼절마제가 되어 저녁에 찾아드는 땅거미 같은 목소리로 물었다.

"너는 혈검의 무공을 어디까지 익혔느냐?"

"나는… 참마인까지 배웠다."

참마인은 삼절마제의 성명검법 두 가지 중 하나이며, 나머지 하나는 혈전탄류다.

"혈전탄류는?"

"못… 배웠다."

삼절마제는 심복 수하들에게 자신의 성명무공을 가르치는 것을 아까워할 인물이 아니다.

다만 그들이 단계를 밟아 꼭대기까지 올라오기를 원했지만, 그런 사람은 한 명도 없었다.

"섬신비의 어풍비류행이나 섬광비류행은?"

구유마혈의 얼굴이 조금 붉어졌다. 부끄러움이다.

"배우지 못했다."

"마영신지는?"

"그것도……."

무가내의 입에서 나온 무공들은 하나같이 이십여 년 전에 무림을 진동시켰던 삼절마제의 최고 절학들이었다.

"내가 너희를 거두겠다고 작정하면 너희는 무조건 복종해야만 한다."

무가내가 나직이 말하자 구유마혈의 얼굴에 불복의 표정이 언뜻 떠올랐다.

"아니면 너희가 택할 길은 두 가지뿐이다. 사독요마를 버리거나 죽는 것이다."

구유마혈의 얼굴에 불만의 표정이 조금 더 짙어졌다.

그러나 무가내는 무시하고 입술을 약간 일그러뜨렸다.

그것은 삼절마제가 못마땅할 때 짓는 표정이라서 구유마혈은 움찔 긴장했다.

무가내의 목소리가 조금 냉랭하게 변했다.

"이제 보니 너는 혈검의 무공 중에서 노른자만 배우지 않았다는 것이로군."

구유마혈은 전혀 생각지도 않았던 부끄러움이 엄습하는 것을 느꼈다.

"그러면서도 네가 천하 사독요마의 최고 대가리냐?"

구유마혈의 목젖이 오르락거렸고 목이 바싹 탔다. 뭐라고 한마디 대응을 해줬으면 좋겠는데 머리를 쥐어짜도 대답할 말이 없었다.

무가내의 시선이 양쪽에 도열해 있는 삼십여 명을 천천히 쓸어보았다.

"이것들은 뭐 하는 놈들이냐?"

구유마혈은 수하들을 힐끗 쳐다보고 나서 억눌린 듯한 목소리로 대답했다.

"내 호위대인 혈천위대(血天衛隊)다."

"버러지 같은……."

무가내의 입에서 짓이긴 듯한 음성이 거침없이 흘러나왔다.

"그럼 네가 혈천이란 말이냐? 같잖은 놈! 네 마물도 감히 자신을 하늘이라고 말하지는 않는다!"

구유마혈은 문득 호랑이 없는 산에 여우가 왕이라는 말이 떠올라서 쥐구멍이라도 들어가고 싶은 심정이 되었다.

그는 자신이 어쩌자고 자청해서 무가내를 만나려고 했는지 문득 후회하는 마음마저 들었다.

무가내는 못마땅한 얼굴로 혈천위대를 쓸어보았다.

"혈검의 무공은 검법 위주다. 그런데 이놈들 중에서 검을 지닌 놈은 한 놈도 없군."

혈천위대는 한결같이 도와 구절편을 지니고 있었다. 그것은 그들이 삼절마제의 무공을 터럭만큼도 배우지 않았다는 것을 의미했다.

"너는 수하들에게 쾌뢰검조차도 가르치지 않았군."

"……."

유구무언. 입이 백 개라도 할 말이 없었다.

무가내는 구유마혈을 똑바로 주시했다.

"내가 너에게 혈검의 절학들을 가르쳐 주겠다."

물론 구유마혈과 총혈계가 무가내의 휘하에 들어오면 그러겠다는 것을 구유마혈이 못 알아들을 리 없었다.

옆에서 지켜보고 있던 균현은 구유마혈의 성미를 잘 알기 때문에 그에게 보충 설명을 해줄 필요가 있음을 깨달았다.

무가내가 자상하게 설명해 줄 리는 없었다.

"현재 총혈계는 유명무실한 존재요. 또한 정협맹을 피해서 숨어 있기에 급급한 형편이 아니오?"

균현의 말은 구유마혈의 정곡을 아프게 찔렀다. 무가내가 구유마혈의 몸에 상처를 냈다면, 균현은 그 상처에 왕소금을 뿌리고 있었다.

"더구나 솔직히 말하자면 천하의 사독요마들은 총혈계를 인정하지 않고 있는 분위기요. 총혈계에서 보낸 혈마첩을 받고도 사독요마의 십분지 일도 모이지 않은 것이 좋은 예라고 할 수 있소."

균현은 구유마혈의 얼굴이 보기 싫게 일그러지는 것을 못 본 체하면서 마지막 고삐를 바짝 당겼다.

"당신은 지금처럼 총혈계의 우두머리로 만족하면서 허송세월하다가 자멸하고 싶은 것이오?"

당금 무림의 추세로 보면, 기적이 일어나지 않는 한 총혈계의 부흥 같은 것은 꿈조차 꾸지 못한다.

그것은 천하의 사독요마라면 누구라도 짐작할 수 있다. 하물며 구유마혈이 모르고 있겠는가?

아니, 이대로 가다가는 머지않은 장래에 총혈계는 물론 천하의 사독요마가 정협맹에게 토벌되고 말 것이다.

그것 역시 구유마혈은 너무도 잘 알고 있었다.

그래서 궁여지책으로 무가내를 찾아온 것이다. 앉아 있다가 당할 수는 없기 때문이었다.

기적.

그렇다. 구유마혈은 장차 사독요마에 기적을 일으킬지도 모르는 무가내라는 인물 앞에 서 있다.

그러나 자신을 비롯한 총혈계가 무가내의 휘하로 들어가는 것은 말처럼 그리 쉬운 일이 아니다.

승복이라는 것은 몸과 마음이 진심으로 꺾이는 것을 말한다.

그런데 승복은커녕 구유마혈은 아직까지도 무가내를 한낱 어린 애송이로 보고 있을 뿐이다.

"음……."

구유마혈은 이제 양자택일을 해야만 한다는 사실을 알고 있었다.

그렇다고 말 한마디에 무가내의 수하가 된다는 것은 있을 수도 없는 일이다.

그래서 그는 기발한 방법 하나를 궁리해 내곤 속으로 득의한 미소를 지었다.

그는 무가내를 주시하며 나직이 주문했다.

"네가 만약 마종사보다 강하다면 군말없이 나와 총혈계가 네 휘하로 들어가겠다."

그것은 지금 상황을 타개해 줄 그럴듯한 조건이었다.

마종사 삼절마제 정도의 무공 실력이라면 총혈계를 이끌고도 남음이 있다.

그러나 구유마혈은 눈앞의 어린 무가내가 마종사를 능가할 리가 없다고 철석같이 믿고 있었다.

조금 전에 무가내가 무현 진인을 사 초식 만에 죽였다는 사실을 듣고서도 말이다.

어떤 상황에서든, 그 상황의 맥을 제대로 짚어내지 못하는 자의 집념은 가엾게도 맹렬하고 고집스럽다.

그런 점에서 구유마혈도 예외는 아니었다.

청출어람(靑出於藍)이라고들 하지만 자고로 스승보다 뛰어난 제자는 극히 드문 법이다.

무가내는 묵묵히 구유마혈을 바라보았다.

구유마혈은 득의한 미소가 입가에 떠오르려는 것을 애써 참으며 무가내를 마주 쳐다보았다.

슥—

그때 무가내는 강을 향해 돌아섰다.

서긍!

이어서 아무 말 없이 어깨의 석검을 느릿하게 뽑으면서 전신의 공력을 끌어올렸다.

균현과 구유마혈은 무가내가 강을 마주하고 서서 무엇을

하려는 것인지 짐작조차 할 수 없었다.

무가내가 무언가 무공을 보여주려는 것 같은데, 강에는 표적이 될 만한 아무것도 없었다.

그저 폭 삼십여 장의 깊은 강이 어둠 속으로 묵묵히 흐르고 있을 뿐이었다.

스슷—

무가내는 다리를 약간 벌리면서 석검을 천천히 머리 위로 치켜들었다.

'물장난을 하겠다는 겐가?'

구유마혈의 입가에 엷은 비웃음이 떠올랐다.

지금 상황으로 봐서는 그렇게밖에 생각할 수 없었다.

무가내가 강을 주시하고 있었으므로 구유마혈은 비웃음을 굳이 감추려 하지 않았다.

꾹!

균현은 무가내가 오른손으로 석검을 힘주어 움켜잡는 것을 지켜보았다.

다음 순간 무가내는 빠르게 석검을 세로로 그어 내렸다.

키이잇!

순간 그의 검에서 작고 흐릿한 반월 모양의 빛 하나가 튀어나왔다.

그어 내리고 있는 석검이 정면을 가리킬 때, 반월 모양의 빛이 갑자기 길고도 크게 확산되면서 위쪽 끝이 허공으로 높게 쭉 뻗어 올랐다.

이어서 그가 세로로 긋기를 끝내고 석검의 검끝을 아래로 향하고 있을 때, 허공으로 뿜어졌던 반월 모양의 길고 굵은 빛줄기가 번갯불처럼 아래를 향해 뿜어져 내렸다.

그것은 마치 긴 꼬리를 지닌 하나의 밝은 혜성이 커다란 반월 모양을 한 상태로 한 자루의 채찍이 되어 강을 후려치는 것 같은 광경이었다.

쩌우우—

그리고는 믿어지지 않는 광경이 모두의 눈앞에서 벌어졌다.

콰아아아!!

다음 순간 빛줄기가 강 전체를 완전히 두 쪽으로 갈랐다.

그러자 너비 삼십여 장의 거대한 강이 석 자의 폭으로 쩍 갈라져서 바닥까지 드러났다.

그 광경은 마치 강 한복판에 두 개의 길고도 장엄한 폭포가 마주 보는 형태로 만들어진 것 같았다.

강 중심은 예상외로 매우 깊어서 강 한복판에 형성된 폭포는 깊이가 십여 장에 달했다.

구유마혈과 혈천위대는 물론 균현마저 경악지색을 가득 떠올린 채 강을 쳐다보았다.

도도하게 흐르던 거대한 강이 느닷없이 한복판이 갈라지면서 하나의 길과 두 개의 거대한 폭포가 만들어진 것이다.

모두의 부릅떠진 눈은 당장이라도 튀어나올 듯했고, 크게 벌어진 입 때문에 턱이 빠질 듯했다.

그들 각자는 필경 자신들이 뭔가 헛것을 보고 있는 것이라고 생각했다.

그럴 수밖에 없었다.

지금 눈앞의 광경이 어찌 현실에서 일어날 수 있는 일이라고 믿겠는가.

구유마혈은 다급히 무가내를 쳐다보았다.

그는 막 동작을 끝낸 자세를 취하고 있었다.

그리고 그의 앞에는 양쪽으로 갈라진 삼십여 장 길이의 강이 펼쳐져 있었다.

그것을 보고 구유마혈은 '정말 이 어린놈이 검으로 강을 갈랐단 말인가?' 하는 생각이 들었다.

좌아아—

순간 강을 일직선으로 갈랐던 길이 사라지고 강물이 크게 요동을 치며 출렁거렸다.

잠시 후 강은 언제 그런 일이 있었냐는 듯 잠잠해졌다.

무가내와 균현을 제외한 모두는 똑같은 생각을 하고 있었다.

방금 자신들이 헛것을 본 것이라고.

"이만하면 혈검보다 나으냐?"

그때 무가내가 석검을 검집에 꽂으며 조용히 중얼거렸다.

구유마혈과 혈천위대의 시선이 무가내에게 집중됐다.

그들은 무가내의 말에서 방금 자신들이 본 것이 헛것이 아닐지도 모른다는 생각이 들었다.

그리고 그것이 현실로 받아들여지기까지는 얼마간의 시간이 필요했다.

잠시 후 구유마혈은 무가내를 보면서 메마른 음성으로 입을 열었다.

"방금… 그것이 무슨 초식이냐?"

그는 한 번의 질문에 두 가지를 물었다.

'방금 전에 강이 갈라진 것이 정말 네가 했느냐? 와 '그럼 그 초식이 무엇이냐? 라는 물음이다.

무가내는 삼절마제의 모습으로 돌아와 있었다.

"참마인."

"그런 말도 안 되는……."

구유마혈의 얼굴이 일그러졌다.

그 자신도 참마인을 익혔지만, 강은커녕 작은 시냇물조차 쪼개지 못하기 때문이다.

무가내는 무심한 어조로 중얼거렸다.

"천마신위강을 주입하여 참마인을 전개하면 검강(劍罡)이 만들어진다."

"천마신위강……."

구유마혈의 얼굴이 경악으로 물들었다.

그는 꽉 막힌 사람이기는 하지만 어리석지는 않다.

삼절마제의 참마인은 그 무엇보다 강력하다.

그러나 강을 가를 정도는 아니다.

참마인은 검기나 검강을 발출하는 검법이 아니라 진검으로 직접 상대의 몸을 자르거나 베는 초식인 것이다.

그렇지만 천마신위강으로 참마인을 전개, 검강을 발출한다면 불가능한 일도 아니다.

원래 그런 수법은 없지만, 무가내가 마도 절학을 새롭게 탄생시키고 있었다.

즉, 대마종의 절학인 천마신위강을 삼절마제의 참마인과 접목시킨 것이다.

천마신위강은 마도제일의 절학이고 천하제일의 자리를 다투는 마신(魔神)의 무공이다.

무가내가 천마신위강마저 익혔다는 사실을 알게 되자 구유마혈은 머릿속이 얼어버리는 것 같았다.

'마종사보다 강한 정도가 아니다. 오히려 대마종보다도 강한 것 같다……'

문득 구유마혈은 어떤 생각이 떠올라 무가내의 귓가를 쳐다보았다.

그러나 곧 실망하는 표정을 지었다. 무가내가 반박귀진 정도의 경지에 이르렀다면 귀밑머리가 희끗희끗할 텐데 그렇지 않았기 때문이다.

그는 고개를 갸웃거렸다.

'혹시?'

불현듯 어떤 생각이 뇌리를 스치자 구유마혈은 즉시 무가내의 뒤쪽으로 다가가 그의 뒷머리를 살펴보았다.

순간 그의 얼굴에 놀라움이 떠올랐다.

'등봉조극!'

무가내의 뒷머리 목 윗부분의 제비꼬리처럼 생긴 머리카락이 흰 백발인 것을 발견한 것이다.

그것은 등봉조극을 이룬 사람만이 나타내는 특징이었다.

혹시나 했던 구유마혈은 너무 놀라 술에 취한 듯 비칠거리면서 서너 걸음 뒤로 물러났다.

짧은 순간 그의 얼굴이 여러 차례 복잡하게 변했다.

그러더니 한순간 스르르 허물어지듯이 그 자리에서 무릎을 꿇고 큰절을 올렸다.

그의 나직하게 떨리는 목소리가 밤공기를 가볍게 흔들었다.

"속하 구유마혈이 주군을 뵈옵니다."

무가내는 그를 향해 천천히 돌아섰다.

그때는 이미 혈천위대 삼십 명도 무가내를 향해 오체투지를 하고 있었다.

균현은 자신의 두 눈으로 뻔히 보고 있으면서도 믿기 어렵다는 표정으로 무가내를 쳐다보았다.

'구유마혈을 수하로 거두셨다……'

그것은 총혈계의 절반을 수하로 거두었다는 의미다.

총혈계 전체를 거둔다고 해도, 그래서 무적방과 총혈계를 합쳐 봐야 정협맹 전체 세력의 십분지 일에도 못 미칠 것이다.

하지만 균현은 숫자 같은 것은 그다지 중요하게 생각하지 않았다.

빈손으로 무적방을 이룩해 낸 무가내가 아니던가?

총혈계마저 수중에 넣으면 장차 무슨 기적을 이룰는지 알 수 없는 일이다.

구유마혈은 한참이 지나도 무가내에게서 아무런 반응이 없자 조심스럽게 고개를 들었다.

"……!"

그리고 그는 우뚝 서 있는 무가내의 모습을 발견하고 후드득 몸을 떨었다.

때마침 강 건너 산등성이에서 떠오르고 있는 아침의 태양을 마치 후광처럼 등 뒤에 두고 서 있는 무가내의 모습은 신비로우면서도 장엄하게 보였다.

구유마혈은 그의 존재가 떠오르는 태양 같다고 느꼈다.

또한 그 태양이 장차 사독요마를 이십 년 전처럼 부흥시킬 것이라고 믿었다.

그때 태양이 다 죽어가는 목소리로 중얼거렸다.

"에구구… 균현, 배고파 죽겠다. 밥 먹으러 가자."

第四十七章
무적방 비무대회

안휘성 남부 지역을 서에서 동으로 가로질러 흐르는 장강(長江) 유역에서 가장 번성한 곳은 단연 동릉현(銅陵縣)이다.

동릉현을 중심으로 장강 이남에는 총 백칠십여 개의 방, 문파들이 저마다 크고 작은 한 지역을 차지한 채 세력을 유지하고 있었다.

그리고 백칠십여 개 방, 문파들의 맨 꼭대기 정점에서 그들을 지배하고 있는 방파가 하나 있었다.

바로 장천방(長天幇)이다.

일검장천(一劍長天) 주공명(周公明)이 장천방주이며, 동릉

현을 중심으로 한 안휘성 장강 이남 남부 지역 전역을 지배하
는 절대자다.

장천방은 정협맹에 속해 있다.

또한 장천방주인 일검장천 주공명은 제이차 흔천대전에
참가하여 공을 세운 중원삼십육태두의 한 명으로, 지난 이십
여 년 동안 안휘성 장강 이남 지역에서 막강한 영향력을 휘둘
러 왔었다.

그런 장천방이 하룻밤 사이에 멸문했다.

장천방 칠백여 명의 일류고수 중에서 살아남은 사람은 한
명도 없었다.

동릉현의 절대자 일검장천 주공명은 자신의 집무실 바닥
에 죽은 채 쓰러져 있는 것이 발견됐다.

그의 미간에는 손톱 크기의 구멍이 뒤통수까지 관통되어
있을 뿐, 다른 상처도 없었고 싸운 흔적도 없었다.

그것은 그가 싸움을 시작한 지 불과 몇 초식 만에 변변하게
싸워보지도 못하고 당했다는 것을 의미했다.

장천방의 칠백여 고수는 자신들의 거처 안이나 그 주변에
서 죽어 있었다.

급습을 당했는지 침상에 누운 채 살해당한 사람들이 절반
이상이었으며, 나머지 절반은 잠에서 깨어 전각 안이나 밖에
서 대항하다가 당한 듯했다.

어쨌든 장천방은 단 하룻밤 만에 깡그리 멸문했고, 누구의

짓인지는 밝혀지지 않았다.

아니, 실오라기만 한 단서조차 발견되지 않았다.

정협맹에 속한 거대 방파가 멸문한 것은 절강성 구룡방에 이어 장천방이 두 번째다.

그리고 정협맹의 핵심 인물로는 극신도황 구양중겸과 천중검협에 이어서 일검장천 주공명이 세 명째다.

그런데 동릉현의 장천방이 멸문한 지 이틀이 지났을 때 또 하나의 굉장한 소문이 무림에 파다하게 퍼졌다.

황산 우림원 멸문.

우림원은 무당파의 직계 지파다.

또한 무당파의 살아 있는 신화인 무현 진인의 셋째 제자 청송자가 원주(院主)로 있는 도관이기도 하다.

그 우림원 역시 하룻밤 사이에 멸문하고 만 것이다.

물론 원주인 청송자도 죽었다.

그는 가슴과 복부가 갈라져 내장을 거의 다 쏟아낸 상태로 연못가에서 처참하게 죽어 있었다.

우림원의 도사들은 청송자를 비롯하여 거의 대부분 연못가에서 죽어 있었다.

그런데 연못가에는 우림원 도사 구십여 명 외에 십여 명의 무당파 도사도 죽은 채 발견됐다.

그들이 왜 그곳에서 죽었는지는 알려지지 않았다. 아마도 그 이유는 무당파에서만 알고 있을 터이다.

사실 우림원은 장천방보다 이틀 전에 멸문을 당했다.

그런데도 우림원의 멸문이 장천방보다 더 늦게 드러난 이유는, 우림원이 황산 깊은 곳에 위치하여 속세와 담을 쌓고 있기 때문이었다.

그리고 동릉현의 장천방처럼, 황산의 우림원 역시 흉수가 밝혀지지 않았다.

안휘성 남부 지역인 동릉현과 황산에서 시작된 장천방과 우림원의 멸문에 대한 소문은 불과 며칠 사이에 전 무림으로 퍼져 나갔다.

무림은 그 어느 때보다도 뒤숭숭해졌다.

대천등이 중원을 침공했다가 물러간 이후 지난 이십여 년 동안 정협맹이 중원무림을 지배하면서 겉으로는 태평성대를 구가해 오고 있었다.

중원삼십육태두와 그 휘하의 방, 문파들이 백성의 고혈을 착취하든 말든, 이런 식의 거대 방파가 줄지어 멸문하고 거물들이 살해당하는 일은 한차례도 없었던 것이다.

우림원과 장천방의 멸문 직후, 천하에는 온갖 소문들이 나돌기 시작했고, 수많은 추측과 억측들이 마치 사실인 것처럼 가담항설(街談巷說)하여 난무했다.

그러나 그런 모든 소문과 추측, 억측들은 마지막에 하나로 귀결되었다.

바로 혈풍신옥과 무적방이 소문의 배후에 웅크리고 있을

것이라는 신빙성있는 추측이었다.

*　　　*　　　*

마안산(馬鞍山)은 안휘 남부 지역 장강 이남의 산악 지대에서 가장 험준하고 큰 산이다.

안휘 남부 지역의 산악 지대는 절강성과 강서성 북부 지역의 산악 지대와 연결되어 남북 천여 리, 동서 이천여 리에 달할 정도로 거대하다.

안휘무림의 장강 이남을 지배하고 있는 장천방은 정협맹이 선포한 탕마령에 그 누구보다도 열성적이었다.

탕마령이 발동된 지난 이십여 년 동안 장천방은 꾸준히 출병하여 안휘무림 장강 이남의 사독요마를 거의 토벌하는 큰 업적을 이루었다.

원래 안휘성 장강 이남의 거대한 산악 지대에는 사독요마들의 방, 문파들이 수도 없이 많았었다.

그러나 현재는 다섯 손가락으로 꼽을 성도만이 깊은 산중에 숨어들어 겨우 명맥을 유지하고 있을 뿐이었다.

귀연혈창보(鬼鳶血槍堡)도 그들 중 한 방파였다.

귀연혈창보는 마안산 북쪽의 깊은 계곡과 높은 산봉우리들 수백 개가 들쑥날쑥 험악하기 이를 데 없는 험준한 곳에 위치해 있었다.

마안산 북쪽 일대의 유일한 강인 귀지수(貴池水) 최상류 깊숙한 곳에 자리 잡고 있는 귀연혈창보는 천험의 요새 속에 깊숙이 파묻혀 있어서 여태껏 무사할 수 있었다.

어제, 귀연혈창보가 개파한 이후 최고의 귀빈이 방문했다.

무가내가 무적방 고수들을 이끌고 찾아온 것이다.

귀연혈창보 내에서 가장 넓은 곳은 보주의 집무실이며 거처로 사용되고 있는 귀혈각(鬼血閣) 앞에 펼쳐진 마당이다.

가장 넓다고 해봐야 다른 방파에서 중간밖에 되지 않는 연무장 정도의 넓이였다.

귀연혈창보는 하늘을 찌를 듯이 솟아 있는 산봉우리의 중간쯤 암벽을 안쪽으로 깎아내어 최소한의 공간을 확보, 그곳에 지어졌기 때문에 협소할 수밖에 없었다.

그래서 귀연혈창보는 가로가 길고 세로는 좁았다.

길다고 해봐야 가로가 이백여 장, 세로는 고작 삼십여 장 남짓에 불과했다.

해가 뉘엿뉘엿 지고 있는 늦은 오후.

귀혈각 앞의 마당에는 여러 개의 비무대가 설치되어 있고, 주위에는 많은 사람들이 운집해 있었다.

귀혈각 전문 앞 돌계단 위 가운데에 놓여 있는 두 개의 태사의에는 무가내와 은예상이 나란히 다정하게 앉아 있었다.

그리고 두 사람 뒤에는 냉운월과 다섯 명의 요마고수가 늠름하게 늘어섰다.

원래는 무적전사들이 무가내와 은예상을 호위하지만, 지금 무적전사들은 비무를 하고 있는 중이라서 냉운월과 요마전사들이 대신 호위하고 있는 중이었다.

무가내와 무적방 고수들은 어제 석양 무렵에 이곳에 당도했었다.

귀연혈창보 보주인 귀혈창랑(鬼血槍狼)과 중간 우두머리급 십여 명이 마안산 아래까지 직접 내려와서 무가내를 영접, 이곳으로 안내했다.

어제 무가내와 무적전사 오십사 명이 도착한 이후 혈검군과 만신군, 요마군이 줄줄이 뒤를 이어 도착했다.

그래서 현재 이곳에는 무적방 고수 이천여 명과 귀연혈창보 수하 삼백여 명, 도합 이천삼백여 명이 운집해 있었다.

귀연혈창보 개파 이래 이렇게 많은 인원이 운집하기는 처음 있는 일이었다.

무가내로서는 그렇게밖에 할 수가 없었다.

무적오군의 서열을 정하는 일을 한시바삐 치러야 했다. 그래야지만 각 군의 위계질서가 제대로 잡힐 것이기 때문이다.

즉, 무가내는 무적오군의 서열을 정하는 비무를 치르기 위해서 귀연혈창보에 잠시 들른 것이었다.

어젯밤에는 무적방 이천여 명과 귀연혈창보 삼백여 명이 한데 어울려 밤새워 진탕 먹고 마시면서 즐겼다.

그리고 오늘은 이른 아침부터 마당에 세워진 다섯 개의 비무대에서 각 군의 모든 전사들이 비무를 시작하여 아직까지 이어지고 있는 중이었다.

제일 먼저 인원이 가장 많은 요마군 팔백 명과 구주군 칠백 명이 차례로 비무를 하여 서열을 정했다.

세 번째로 혈검군 삼백여 명이, 네 번째는 만신군 이백 명이 비무를 마쳤다.

마지막 다섯 번째는 무적군이 비무를 했는데, 불과 오십사 명의 비무가 요마군 팔백 명의 비무보다 더 오랜 시간을 잡아먹고 있었다.

고수끼리의 비무일수록 시간이 더 오래 걸리기 때문이다.

더구나 무적전사들의 대결은 비무가 아니라 실전을 방불케 할 정도로 치열했다.

비무를 시작하기 전에 무가내가 부상을 당하는 사람이 나와서는 안 된다고 못을 박았지만, 막상 비무가 시작되니까 그 말은 공염불이 되고 말았다.

그렇다고 중상을 입는 정도는 아니었지만, 비무 도중에 베고 찔리는 경우가 무더기로 속출했다.

그렇다고 비무를 중단할 수는 없었다.

무적전사들의 의욕과 투지가 넘쳐서 생기는 일을 무가내인들 어쩌겠는가.

더구나 이것은 언젠가는 반드시 한 번은 치러야만 하는 일인 것이다.

지난 두 차례의 공격, 즉 우림원과 장천방의 공격에서 무적방의 손실은 거의 없었다.

가장 큰 이유는 급습이었기 때문이고, 두 번째는 무적전사들이 상대적으로 너무 강했기 때문이다.

우림원과 장천방을 공격한 것은 무적군과 혈검군인데, 무적군은 부상자가 다소 있을 뿐 죽은 사람은 한 명도 없었고, 혈검군은 불과 다섯 명이 죽었고, 이십여 명이 부상을 입은 정도였다.

우여곡절 끝에 비무는 거의 끝났고, 지금은 무적군의 마지막 남은 두 사람인 자미룡과 강조의 비무가 진행되고 있었다.

두 사람은 이미 여러 차례의 비무를 치러서 모두 승리했기 때문에 정해진 규칙대로 무적군에서의 최후의 승자를 가리는 중이었다.

이 비무에서 승리하는 사람이 무적군의 명실상부한 제이인자 '무적이전사' 가 되는 것이다.

무적방주 무가내의 친위 조직인 무적군에서의 이인자는 은연중에 무적방에서의 이인자를 뜻한다는 것이 무적방 전체에 암묵적으로 퍼져 있는 사실이었다.

그래서 자미룡과 강조는 지금 사력을 다해서 싸우고 있는 것이었다.

자미룡은 며칠 전에 무가내가 임독양맥을 소통시켜 주어

구십 년이었던 내공이 졸지에 그 두 배 가까운 백팔십 년으로 급증한 상태다.

자미룡의 임독양맥이 소통되기 전까지는 강조가 무적군 최강 고수였었다.

그렇지만 지금은 막상막하를 이루고 있었다.

강조의 내공이 백육십 년으로 자미룡보다 약간 열세인데도 그는 그녀와 팽팽한 접전을 벌이고 있었다.

내공의 열세를 월등한 초식과 풍부한 경험으로 충분히 잘 메우고 있었기 때문이다.

강조는 무가내에게서 마도제이의 절학인 호천무적공과 사대종사의 무공들을 두루 배웠다.

그가 그중에서 특히 심혈을 기울여 연마한 것은 삼절마제의 무공이었고, 특히 참마인과 귀영미리보에 몰두했었다.

대결을 하는 데 있어서 내공이 중요한 것은 두말할 필요도 없지만, 내공보다 더 중요한 것이 바로 초식이다.

내공은 꽤 높은 데 반해서 초식이 평범하다면 힘만 센 곰이나 다를 바가 없다.

그런 사람은 훌륭한 초식에 낮은 내공을 지닌 사람에게 당하는 경우가 비일비재하다.

자미룡은 사부인 극신도황 구양중겸의 무공을 익혔고, 강조는 사대종사의 절학을 익혔다.

사대종사의 무공은 극신도황의 무공과 비교할 수 없을 만큼 뛰어나다.

그럼에도 불구하고, 두 사람이 팽팽할 수밖에 없는 데에는 그럴 만한 이유가 있다.

자미룡은 십여 년 넘게 극신도황의 무공을 연마한 반면, 강조는 사대종사의 무공을 불과 두어 달 남짓 연마했을 뿐이기 때문이다.

그러므로 오히려 내공의 열세에도 불구하고 강조가 자미룡과의 대결에서 팽팽하게 접전을 이루고 있는 것을 높이 평가해야만 할 터이다.

두 사람의 비무를 지켜보고 있는 무적방의 모든 전사들과 귀연혈창보의 수하들 도합 이천삼백여 명은 비무대에서 한시도 눈을 떼지 못한 채 손에 땀을 쥐고 있었다.

눈도 깜빡이지 않았고, 숨조차 쉬지 않는 듯했다.

좌중에는 비무대 위에서 치열하게 싸우고 있는 자미룡과 강조의 날카로운 기합 소리와 거친 숨소리, 그리고 그들의 무기가 뿜어내는 고막을 찢을 듯한 예리한 파공음만이 허공을 울리고 있었다.

두 사람의 비무는 이미 이각을 넘어가고 있는 중이다.

균현을 비롯한 무적방의 사군장은 두 사람의 비무를 보면서 그들이 자신들을 훨씬 능가하는 경지에 이르렀다는 사실을 절감했다.

그들 두 사람은 누가 이기더라도 실력으로 무적방의 제이인자와 삼인자가 분명했다.

쐐애애액!

파파아아!

자미룡은 양손에 채찍과 단창을 쥐고, 강조는 한 자루 거무튀튀한 장검으로 비무대 바닥과 허공을 오르내리면서 전력을 쏟아내고 있었다.

강조는 혈마곡주였던 시절에는 도를 사용했다. 수십 년 동안 도를 사용했던 그가 삼절마제의 검법을 익히기 위해서 과감하게 도를 버리고 검을 택했던 것이다.

두 사람 다 숨이 턱에 찼고, 온몸은 땀범벅이었으며, 두 눈에는 핏발이 곤두섰다.

자미룡의 채찍과 단창에서는 극신도황의 성명무공들이, 강조의 장검에서는 삼절마제의 참마인이 숨 쉴 틈 없이 쏟아져 나왔다.

강조는 참마인과 쾌뢰검을 익혔으나 이 비무에서 쾌뢰검은 사용하지 않았다.

쾌뢰검은 다수를 상대할 때, 그리고 참마인은 일대일 대결에서 유리하기 때문이었다.

째앵!

"아!"

그때 무기끼리 부딪치는 음향과 자미룡의 나직한 탄성이 동시에 터져 나왔다.

자미룡의 단창과 강조의 장검이 서로 강력하게 부딪치면서 생긴 음향이었다.

두 사람은 이각이 넘게 겨루었지만 무기끼리 부딪치기는 지금이 처음이었다.

그 순간 지켜보고 있는 사람들은 일제히 바짝 긴장했다.

곧 승부가 날 것이라고 직감한 것이다.

자미룡의 왼손에서 단창이 벗어나 저만치 허공으로 쏜살같이 날아가고 있었다.

일순 그녀의 얼굴에 당황함이 떠올랐다.

쉬익!

찰나 단창을 쥐고 있던 그녀의 왼팔 팔꿈치 아래로 강조의 장검이 영활한 뱀처럼 비집고 들었다.

자미룡은 급급히 상체를 오른쪽으로 틀면서 왼팔로 강조의 장검을 후려쳐 갔다.

그 한 수는 위험하기 짝이 없었다.

자미룡의 왼팔이 장검을 쳐낼 수는 있겠지만, 그렇게 된다면 팔이 잘리고 말 것이다.

하지만 팔이 잘라지는 대신 그녀는 공격할 기회를 얻게 될 것이고, 오른손의 채찍이 강조의 머리를 박살 낼 것이다.

그런데도 그녀는 무모하기 짝이 없는 그 수를 감행했다.

왼팔을 잃더라도 이기고 말겠다는 무서운 집념이었다.

그러나 결론적으로 그녀의 왼팔은 잘라지지 않았다. 강조의 장검을 쳐내지 못한 것이다.

자미룡의 왼팔 팔꿈치 아래로 찔러 들어오던 강조의 장검은 어느새 다시 빠져나가 그녀의 정수리를 겨눈 채 수직으로 그어져 내리고 있었다.

강조가 자미룡의 왼팔 팔꿈치 아래로 장검을 찔러 넣었던 것은 그녀의 자세를 무너뜨리기 위한 결정적인 허초였다.

강조가 자미룡의 단창을 쳐서 날려 버리면서 생긴 허점으로 공격을 가할 것이라는 사실은 지극히 당연한 정석이다.

자미룡은 그것이 허초일 것이라고는 생각하지 않았다.

그런데도 강조는 그 공격을 허초로 이용했고, 더 확실한 공격을 감행한 것이다.

자미룡은 강조의 장검이 자신의 정수리를 향해 빛처럼 빠른 속도로 쏘아져 내리자 얼굴빛이 해쓱해지고 두 눈이 커다랗게 떠졌다.

상체의 자세가 무너진 상태에서 왼팔로 강조의 장검을 쳐 가던 중이라서 피하거나 반격할 재간이 없었다.

뚝!

그리고 다음 순간 강조의 장검이 자미룡의 정수리 반 뼘 위에서 딱 정지했다.

정지한 것은 강조의 장검만이 아니다.

자미룡의 움직임도, 호흡도, 그리고 생각마저도 한꺼번에 정지해 버렸다.

그렇게 세 호흡 정도의 숨 막힐 듯한 시간이 흐른 후, 무가
내가 팔을 들어 올리며 짧게 입을 열었다.

"강조가 이겼다."

"와아아—!!"

다음 순간 운집한 모든 사람들, 무적방 사람들이나 귀연혈
창보 사람들이 일제히 우레 같은 함성을 터뜨렸다.

조마조마하게 지켜보고 있던 마지막 비무가 마침내 끝나
고 최후의 승자가 결정된 것이다.

함성에 귀연혈창보가, 아니, 마안산 전체가 떠나갈 듯했다.

자미룡의 안색은 지나치게 창백해서 마치 심한 내상을 입
은 것처럼 보였다.

하지만 그녀는 다치지 않았다. 그저 자존심에 중상을 입었
을 뿐이다.

슥—

이윽고 강조는 검을 거두어 어깨의 검집에 꽂으며 둘 사이
의 어색한 침묵을 깼다.

모두들 함성을 질러서 귀가 먹먹할 정도지만, 강조와 자미
룡은 비무대 위에 마주 선 채 움직이지 않았다.

승자인 강조는 무적군의 제이인자가 되었지만 조금도 기
쁘지 않은 듯 묵묵히 자미룡을 굽어보았다.

사실 그는 뭐라고 표현하기 어려울 만큼 기뻤다.

하지만 패자인 자미룡을 배려하여 흐릿한 미소조차 짓지

않는 것이었다.

자미룡은 고개를 숙인 채 두 주먹을 꼭 쥐고 가늘게 몸을 떨고 있었다.

늘씬하고 풍만한 그녀가 몸을 떨자 젖가슴이 출렁였다.

그녀처럼 자존심이 강한 여자가, 더구나 임독양맥이 소통되어 백팔십 년이라는 엄청난 내공을 지니고 있으면서도 강조에게 패했다는 사실을 승복하는 것이 그리 쉽지가 않았다.

이윽고 함성이 잦아지기 시작할 때 자미룡이 천천히 고개를 들고 강조를 쳐다보았다.

"졌다."

강조는 섣부른 위로 따위는 하지 않았다. 그저 표정없이 가볍게 고개를 끄덕이는 정도로 자신의 승리를 접수했다.

자미룡 역시 위로 같은 것은 바라지 않았다.

만약 강조가 어줍지 않은 위로라도 했다면, 그녀는 더 자존심이 구겨져서 아예 그와 사생결단을 내려 들었을 것이다.

문득 그녀는 고개를 돌려 돌계단 위 태사의에 앉아 있는 무가내를 쳐다보았다.

"주군! 다음 비무대회는 반년 후라고 했었죠?"

무가내는 고개를 끄덕였다.

"그래."

자미룡의 눈이 세모꼴로 변했고, 입술을 잘근잘근 씹었다.

무가내의 대답이 마음에 들지 않으면 발작이라도 부릴 것 같은 분위기였다.

"반년을 석 달로 앞당기는 것이 어때요?"

무가내는 고개를 모로 꼬았다. 석 달에 한 번이면 비무대회를 너무 자주 치르는 것이기 때문이었다.

무가내의 눈치를 살피던 자미룡이 한걸음 양보했다.

"넉 달!"

무가내는 자밀룡을 보면서 빙그레 미소를 지었다.

"알았다. 앞으로 넉 달마다 한 차례씩 비무대회를 열겠다."

자미룡의 눈이 반짝였고 그제야 입가에 만족한 미소가 배시시 떠올랐다.

그녀만이 아니라 무적방 전사들 거의 대부분이 무가내의 결정에 희색이 만면하여 웅성거렸다.

오늘의 비무로 인해서 무적오군의 상위 서열이 된 극소수를 제외하고는, 대부분이 오늘 벌어진 자신들의 비무를 못마땅하게 여기고 있었기 때문이다.

즉, 더 잘 싸울 수도 있었는데 최선을 다하지 못했다고 자책하고 있는 것이다.

무가내가 천천히 일어나서 좌중을 쓸어보며 웅혼한 목소리로 입을 열었다.

"군장들은 들어라."

네 명의 군장이 돌계단 아래로 나는 듯이 달려와 나란히 무릎을 꿇었다.

무가내는 그들을 굽어보며 위엄있게 명령했다.

"오늘 비무의 결과에 따라서 각 군의 특성에 맞춰 지휘 체계를 갖추라."

무적오군은 어제까지만 해도 오직 각 군장의 일인 지휘 체계였다.

군장 외에는 지위를 가진 사람이 아무도 없었기 때문이다.

특히 수하가 팔백 명이나 되는 요마군과 칠백 명의 구주군은 군장이 직접 수하들의 사소한 일들까지 챙기고 통솔하느라 무진 애를 먹고 있는 중이었다.

"각 군의 지위를 어떻게 정하든 군장들에게 맡기겠다."

사실 방금 무가내가 한 말은 순전히 은예상의 머리에서 나온 생각이었다.

그녀는 무가내의 여자일 뿐만 아니라, 그의 두뇌이기도 했다.

"그리고……."

무가내는 자신을 주시하고 있는 무적방 전사들과 귀연혈창보 수하들을 쓸어보며 서두를 떼고는 말을 이었다.

"모두들 어제 술을 진탕 마셨기 때문에 아직 술이 덜 깬 사람들도 많을 것이다."

좌중은 조용했다. 과연 무가내가 무슨 명령을 내릴지 궁금한 표정이 역력했다.

무가내는 엄숙하게 말을 끝맺었다.

"그러니까 오늘 밤에는 모두 해장술을 마시자!"

"와아아!!"

"와아아아!!"

아까 강조가 자미룡에게 승리했을 때와는 다른, 그리고 더 굉렬한 함성이 마안산 깊은 산중을 오랫동안 뒤흔들었다.

第四十八章
요마낭(妖魔娘)

귀혈각 일층 대전 한복판 바닥에 무가내를 위시한 많은 사람들이 원을 형성한 채 둘러앉아 있었다.

무가내는 술을 마실 때 모두 한자리에 둘러앉는 것을 좋아하는데, 귀연혈창보에는 많은 인원이 한꺼번에 둘러앉을 만큼 큰 탁자가 없었다.

그래서 무가내의 말에 따라 모두 바닥에 원형으로 둘러앉은 것이다.

그들이 이루고 있는 원의 한복판에는 맛있는 요리와 술이 잔뜩 차려져 있었다.

또한 귀연혈창보 수하들이 꾸준히 요리와 술을 가져오고 있어서 먹고 싶은 만큼 자신의 앞에 가져다 놓고 먹으면 됐다.

무가내의 양옆에는 은예상과 자미룡이 딱 붙어 있었다.

자미룡 옆에는 강조가, 은예상 옆에는 냉운월이 앉았다.

그리고 무적삼군의 군장인 균현과 양신웅, 오도겸이 앉았으며, 그들의 좌우에는 이번 비무에서 각 군의 이전사와 삼전사가 된 전사들이, 마지막으로 무가내 맞은편에는 귀연혈창 보주인 귀혈창랑이 앉았다.

무가내와 자주 술을 마셔본 무적사군의 군장들이나 자미룡, 강조 등은 이런 자리에서는 허심탄회하게 마음껏 놀면서 가장 기본적인 예절만 지키면 된다는 사실을 잘 알고 있어서 표정들이 밝았다.

하지만 무가내와 처음 술을 마셔보는 각 군의 이, 삼전사들은 몹시 긴장하여 바짝 얼어붙어 있었다.

귀혈창랑은 어제 무가내와 그의 측근들과 함께 코가 비뚤어지도록 술을 마셔봤기 때문에 무가내에 대해서 어느 정도 파악하고 있었다.

그가 하룻밤 동안 경험한 무가내는 순수하고 정이 많으며, 조금도 까다롭거나 엄하지 않은 사람이었다.

또한 아주 재미있는데다 수하들과 마치 동료나 형제처럼 격의없이 웃고 떠들었다.

그리고 마지막으로 무가내는 누구하고도 비길 수 없을 만큼 무식했다.

하지만 이따금 매우 유식하거나 멋있는 문구를 읊기도 해서, 일면 박학다식함을 일부러 감추고 있는 은자(隱者) 같은 모습을 보이기도 했다.

하지만 귀혈창랑을 제외한 모든 사람들은 알고 있었다.

무가내가 서너 달 동안 은예상에게 학문을 배워서 가끔 써먹기도 한다는 사실을 말이다.

"술은 해장술이 진짜 술이다!"

무가내는 기분이 좋은지 껄껄 호방하게 웃으면서 연거푸 술잔을 비웠다.

그가 술잔을 들자 모두들 일제히 술잔을 들고, 그가 마시자 모두들 함께 마셨다.

그가 마시면 모두들 마셔야 한다는 법은 어디에서든, 언제라도 불변이었다.

혈검군과 구주군, 만신군, 요마군의 이, 삼전사 여덟 명은 무가내하고는 처음 마시는 술자리인데도 금세 무가내의 주도를 터득하기 시작했다.

무가내의 술잔이 빌 때마다 은예상이 공손히 술을 따랐다.

자미룡은 자신의 잔에 술을 따르다가 그 광경을 힐끗 보더니 은예상에게 술병을 내밀었다.

"오늘 같은 날은 상 언니도 한잔하세요."

누가 시키지도 않고, 은예상이 그러라고 허락하지도 않았는데, 자미룡은 무적전사가 된 직후부터 스스럼없이 은예상을 언니라고 불렀다.

그녀는 비단 언니라고 부를 뿐만 아니라, 정말 친동생이라도 된 듯 은예상을 잘 따르고 더없이 상냥하게 대했다.

예전 고고한 성품의 은예상 같았으면 자미룡에게 그러지 말라고 타일렀을 터이다.

하지만 무가내를 만나고 난 이후부터는 그의 영향을 받아서인지 사람과의 만남을 두려워하지 않고 후덕하게 변했다.

즉, 무가내의 '오는 사람 막지 않고, 가는 사람 잡지 않는다' 라는 방식을 어느샌가 배워 버린 것이다.

"저는 술이 약해요."

자미룡이 내미는 술잔을 은예상은 얼굴을 살짝 붉히면서 손으로 밀어냈다.

그러자 자미룡은 자못 호걸처럼 껄껄 웃으며 아예 은예상 손에 술잔을 잡혀주었다.

"하하하! 자고로 영웅의 아내는 여걸이어야 한다고 그랬어요! 설마 상 언니는 술도 못 마시는 사람이 되어 오빠와 헤어질 생각은 아니시겠죠?"

밉지 않은 엄포에 은예상은 마지못해서 술잔을 받았다.

그즈음 사군장과 자미룡을 제외한, 귀혈창랑과 삼군의 이, 삼전사들은 술을 마시면서도 은예상을 힐끔힐끔 훔쳐보느라 여념이 없었다.

전사들은 은예상이 무림에서 천상옥봉이라고 불리는 천하

제일미라는 사실을 익히 알고 있었지만, 이렇게 가까이에서 그녀를 보는 것은 처음이었다.

그래서 그녀의 절대완미한 미모와 고고한 자태에 정신을 차리지 못하고 있었다.

귀혈창랑은 깡마르고 키가 크며 강파르게 생긴 외모답게 성격 역시 대쪽처럼 꼬장꼬장해서 여자 보기를 돌처럼 여기는 성격이었다.

하지만 '아름다움은 태양과도 같다'는 진리처럼 그 역시 태양의 빛, 즉 은예상의 아름다움의 빛살이 비춰지는 것을 피하지 못했다.

다른 사내들 같았으면 남자들이 자신의 여자를 훔쳐보면서 넋이 빠져 있는 모습에 기분 나쁠 텐데도, 무가내는 외려 껄껄 기분 좋게 웃었다.

아니, 오히려 은예상의 엉덩이를 툭툭 두드리면서 의기양양하게 떠들었다.

"핫핫핫! 어떠냐? 가까이에서 보니까 내 마누라 정말 예쁘지 않느냐?"

그러자 몰래 훔쳐보던 전사들은 앗! 하고 놀라면서 급급히 시선을 거두며 크게 당황했다.

무가내는 눈을 부릅뜨고 정색을 했다.

"그런 행동은 뭐냐? 내 마누라가 예쁘지 않다는 뜻이냐?"

전사들은 화들짝 놀라서 급급히 손을 젓는 등 어쩔 줄을 몰라 했다.

"아, 아닙니다! 그럴 리가 있겠습니다!"

"주모께서는 저… 정말 아름다우십니다!"

무가내는 더 엄한 표정을 지었다.

"그런데 왜 다들 내 마누라를 외면하는 것이냐?"

"그… 그것은……."

"주… 주군, 속하들은……."

전사들은 방금 전보다 더 당황해서 횡설수설했다.

무가내는 귀찮다는 듯 손을 휘저었다.

"시끄럽다! 변명하지 마라!"

전사들은 찔끔해서 일제히 그 자리에 무릎을 꿇더니 이마
를 바닥에 대며 떨리는 목소리로 잘못을 빌었다.

"용서하십시오, 주군! 죽을죄를 졌습니다!"

"네놈들의 죄를 알겠느냐?"

"알고 있습니다!"

무가내의 추상같은 호령에 전사들은 전전긍긍 겨우 대답
했다.

전사들은 고개를 숙이고 있어서 볼 수 없었지만, 사실 다른
사람들은 다들 빙그레 미소를 짓고 있었다.

무가내가 또 유희를 시작하려고 한다는 사실을 깨달았기
때문이다.

귀혈창랑도 엷은 미소를 지었다.

그는 어젯밤에도 무가내가 측근들에게 이와 비슷한 장면을 만들어서 술자리의 분위기를 띄우는 것을 보았었다.

그러나 측근들은 자주 그런 일을 당했던 듯 별달리 주눅이 들지도 않았으며, 오히려 은근히 즐기는 것 같았었다.

무가내는 술 한 잔을 마시고 나서 연설조로 자못 엄숙하게 말을 이었다.

"오늘은 좋은 날이니 너희들의 죄를 묻지 않겠다. 그 대신 차례로 노래를 불러라."

전사들은 난데없이 노래를 부르라는 주문에 어리둥절한 표정으로 슬며시 고개를 들고 무가내를 쳐다보았다.

그러나 무가내의 표정은 엄숙하기 짝이 없었다.

다른 사람들은 웃음을 참느라 손으로 입을 가리거나 고개를 숙이고, 또 외면을 했다.

그렇지만 킥킥거리면서 쥐어짜듯 삐져나오는 웃음을 어쩌지 못했다.

"깔깔깔깔! 저놈들 쩔쩔매는 꼴이 정말 웃겨!"

"푸핫핫핫!"

"핫핫핫핫!"

결국 자미룡이 웃음을 참지 못하고 상체를 젖히면서 넘어갈 듯 교소를 터뜨리자 참고 있던 균현과 양신웅, 오도겸도 웃음을 터뜨리고 말았다.

전사들은 더욱 어리둥절하고 당황해서 어쩔 줄을 몰라 두

리번거렸다.

자미룡은 웃음기 가득한 얼굴로 그들에게 일러주었다.

"이놈들아! 오빠께서 너희들이 이 자리를 어색하게 여길까 봐 흥을 돋우려고 노래를 부르라고 하신 것이니 당장 한 곡조 씩 뽑아봐라!"

그녀는 무적군 삼전사인 주제에 자신보다 서열이 높은 이전사나 동렬인 삼전사들에게 마구 이놈 저놈 해댔다.

하지만 전사들은 추호도 불만 어린 표정이 아니었다.

무적궁의 전사들은 자미룡이 과거 어떤 신분이었는지, 무가내와 어떤 관계인지 잘 알고 있기 때문이었다.

전사들은 그제야 무가내가 장난을 했음을 알아차리고 크게 한시름 내려놓았다.

"그럼 속하가 먼저 한 곡 부르겠습니다!"

새롭게 혈검이전사가 된 자가 용감하게 벌떡 일어나 우렁차게 외쳤다.

무가내는 흡족하게 연신 고개를 끄덕였다.

"오! 좋아! 불러봐라!"

그때 균현이 자신의 오른쪽에 일어선 혈검이전사와 왼쪽에 앉아 있는 혈검삼전사를 차례로 가리키면서 미소 지으며 무가내에게 말했다.

"주군, 저희 혈검군 삼백 명을 삼 군(三軍)으로 나누어 속하가 혈검일군을 맡고, 이놈이 이군을, 그리고 이 녀석에게 삼군을 맡겼습니다."

"오! 그래? 잘했네!"

말하자면 혈검이전사는 혈검이군장, 혈검삼전사는 혈검삼군장의 지위가 된 것이다.

균현의 보고가 끝나자 혈검이군장은 거친 목소리로 노래를 부르기 시작했다.

그는 노래를 잘하지는 못했지만 열심히 불렀다. 그리고 웬만큼 흥을 돋우는 데 성공했다.

모두들 흥겨울 준비가 되어 있었기 때문에 오래지 않아서 박수를 치면서 덩실덩실 어깨춤을 추었다.

혈검이군장에 이어서 혈검삼군장이 노래를 끝내자 이번에는 구주군 이전사가 기다렸다는 듯이 벌떡 일어섰다.

그러자 구주군장 양신웅이 자세를 취하지도 않은 채 무가내에게 말했다.

"속하는 구주군을 일곱 개의 령(令)으로 나누었으며, 구주이전사가 구주총령장(九州總令長)이고, 삼전사에게 구주일령장(九州一令長)을 맡겼습니다. 그리고 구주사전사부터 구전사까지 여섯 명에게 구주이령(九州二令)부터 구주칠령(九州七令)까지 맡겼습니다."

지금처럼 술을 마시는 자리에서 보고할 때 무릎을 꿇는다든지 격식을 갖추는 것을 무가내는 싫어한다.

혈검군이 삼 군으로 나누었지만, 구주군은 칠 령(七令)으로 나눈 것이 달랐다.

구주군 총령장과 일령장의 노래가 끝나자 만신군장 오도 겸이 역시 편안한 자세로 보고했다.

"만신군은 독을 다룬다는 특수성 때문에 사실 많은 인원이 필요하지 않습니다. 그래서 전체 인원 이백 명을 오십 명씩 사대(四隊)로 나누었고, 이들 두 명이 수석대주(首席隊主)와 일대주를 맡게 될 것입니다. 그리고 만신사전사와 오전사, 육전사에게 각각 이대주와 삼대주, 사대주의 지위를 주었습니다."

무가내는 고개를 크게 끄덕였다.

"좋아! 아주 잘했네! 이젠 노래를 들어보자구!"

마지막은 요마군의 요마이전사와 요마삼전사의 차례였다.

그런데 뜻밖에도 요마이전사는 여자였다.

십육칠 세가량의 어린 나이인데, 자그마하고 여린 체구에 긴 머리를 뒤에서 한 번 질끈 묶었으며, 얼굴은 매우 순한 용모였다.

얼마나 작은지 큰 키인 자미룡과 냉운월의 어깨까지밖에 닿지 않았으며, 어깨도 좁고 몸도 몹시 왜소했다.

제법 예쁜 용모이지만, 예쁜 것보다는 순박함과 선함이 먼저 눈에 띄었다.

그런데 그녀가 메고 있는 한 자루 검은 어찌나 긴지 머리 위로는 두 뼘이나 솟아올랐으며, 아래로는 종아리까지 이를 정도였다.

그래서 그녀는 검을 어깨에 메지 않고 등 한복판, 즉 뒷머리에서 엉덩이 아래로 수직으로 메고 있었다.

모두들 앉아 있고 혼자만 서 있게 되자 그녀는 유난히 흰 얼굴을 새빨갛게 붉히면서 부끄러워 어쩔 줄을 몰라 했다.

더구나 모두들 자신을 주시하자 가련하게 몸까지 바르르 떨면서 금방이라도 주저앉아 버릴 것만 같은 모습이었다.

처음에 그녀가 무적방에 입방했을 때에는 그 누구의 눈에도 띄지 않는 평범한 여자에 불과했었다.

아니, 그녀 같은 불리한 체구와 용모를 갖고도 요마전사가 될 수 있었다는 사실이 특이하다면 조금 특이한 일이었다.

하지만 그것 외에는 조금도 특이할 것이 없는 여자였다.

처음에 같은 동료인 요마전사들은 그녀를 신기하게 여기면서 이리저리 찝쩍거려 보기도 했었다.

그러나 그녀가 너무도 부끄러워하고 또 괴로워하는데다가, 그것이 지나치면 눈물까지 찔끔거리는 바람에 동료들은 머쓱해지거나 짜증을 내며 고개를 내젓기 일쑤였다.

그래서 그녀는 무적방에 들어온 지 채 보름이 되기도 전에 동료들에게 덜떨어진 반푼이 취급을 받게 되었다.

숨 돌릴 새조차 없이 바쁜 무적방의 생활 속에서 그녀는 그렇게 평범한 요마전사가 되어 모두에게 동화되었고, 오늘 비무대회에 이른 것이었다.

그런데 대이변이 벌어진 것이다.

팔백 명의 요마전사 틈바구니에 파묻힌 채 동료들에게 이리저리 채이고 멸시를 당해왔던 그녀가 바로 대이변의 주인 공이었다.

그녀는 막상 비무대회가 시작되자 싸우는 족족 승승장구, 단 한 차례도 패하지 않고 전승을 거두면서 일약 최종 결승에 진출한 것이다.

그녀는 두 얼굴을 지니고 있었다.

싸울 때의 그녀에게서는 평소 그녀의 모습 같은 것은 눈을 씻고도 찾아볼 수가 없었다.

무심하기 짝이 없는 표정과 간결하고도 절제된 초식, 일말의 양보나 망설임도 없는 공격 일변도의 실력.

그리고 무엇보다도 가장 중요한 것은 그녀가 숨은 고수, 그 것도 대단한 고수였다는 사실이었다.

그렇지만 아무도 그녀가 누군지, 그녀가 사용하는 무공이 무슨 종류인지 알아보지 못했다.

결국 그녀는 결승에서도 명실 공히 요마군에서 냉운월을 제외하곤 최강자 자리를 고수해 온 일류고수를 삼십 초식 만에 제압해 버렸다.

그렇게 그녀는 평범하지도 못한 반푼이에서, 한나절 만에 요마군 이전사로 수직 상승하여 오늘의 비무 최대 이변의 주인공이 된 것이다.

지금 그녀는 비무를 할 때와는 전혀 다른, 평소의 모습으로 돌아와 있었다.

그때 은예상 옆에 앉은 냉운월이 무가내를 보며 요마군 지위 체제에 대해서 설명을 시작했다.

"속하는 요마군을 요마팔로(妖魔八路)로 나누었습니다. 일로부터 사로까지는 전투나 호위만을 담당하고, 오로부터 팔로까지는 그 외의 업무를 할당했습니다."

그녀는 혼자 서 있는 요마이전사를 힐끗 쳐다보면서 설명을 이었다.

"저 녀석에게 요마일로부터 사로까지를 맡기고 요마투로주(妖魔鬪路主)라는 지위를 주었습니다."

이어서 그녀는 자신의 옆에 꼿꼿한 자세로 앉아 있는 요마삼전사를 쳐다보지도 않은 채 손을 뻗어 그의 어깨를 짚으며 말을 이었다.

"그리고 이놈에게 요마오로부터 팔로까지를 맡기고 요마해로주(妖魔解路主)라는 지위에 임명했습니다."

"응. 잘했다."

무가내는 미소를 지으며 고개를 끄덕이고 나서 요마투로주와 요마해로주를 번갈아 쳐다보며 당부했다.

"운월은 내가 특별히 아끼는 사람이니까 너희 둘은 앞으로 운월을 잘 보필해야 한다."

"존명을 받듭니다!"

요마투로주와 요마해로주는 즉시 무가내에게 부복하며 우렁차게 외쳤다.

요마해로주는 그렇다 치고, 요마투로주는 방금까지만 해도 몸을 떨면서 부끄러워하더니, 무가내의 말에 언제 그랬냐는 듯 태도가 돌변하여 낭랑하게 외치며 즉각 부복하는 기민함을 보였다.

냉운월은 무가내가 자신을 특별히 아낀다는 말에 살짝 얼굴을 붉히며 흐뭇한 미소를 머금었다.

하지만 무가내의 차별대우에 가만히 있을 자미룡이 아니다.

그녀는 샐쭉해서 입술을 삐죽거리며 물었다.

"오빠는 운월을 왜 특별히 아끼는 거죠?"

다들 냉운월이 은예상의 호위무사였으며 무가내와 사적으로도 친밀하기 때문일 것이라고 짐작하고 있었다.

그러나 무가내의 대답은 전혀 뜻밖이었다.

그는 게슴츠레한 눈으로 냉운월의 가슴을 보면서 입맛을 다시는 시늉을 했다.

"운월은 정말 멋진 젖가슴을 지녔거든."

그러자 다들 어이없다는 표정을 지었다가 '와앗!' 하고 파안대소를 터뜨렸다.

그렇지만 당사자인 냉운월은 얼굴이 붉으락푸르락하며 잡아먹을 듯이 무가내를 쏘아보았다.

"오빠가 운월의 젖가슴을 언제 봤어요?"

"헤헤… 전에 봤어. 정말 예쁘더라."

사내 중의 사내보다 더 사내다운 냉운월이지만 이 순간만큼은 얼굴이 홍시처럼 붉어져서 고개를 푹 숙이고 말았다.

그렇다고 아무리 술자리지만 주군인 무가내를 어떻게 할 수도 없는 노릇이었다.

"제 것보다 더 예뻐요?"

자미룡이 상체를 곧추세우고 가슴을 한껏 내밀면서 도전적으로 물었다.

"응."

핏대가 오른 자미룡은 힐끗 은예상을 보며 또 물었다.

"상 언니 것보다도?"

무가내는 고개를 절레절레 가로저었다.

"그건 아니지. 상아 젖가슴은 운월 것보다 백배는 더 예뻐. 게다가 푹신하고, 따뜻하고, 부드럽고……."

그는 손가락을 꼽아가며 주절주절 읊다가 옆에 앉은 은예상의 고개가 점점 숙여지는 것을 발견하고 말끝을 흐렸다.

더 읊었다가는 은예상의 이마가 바닥에 닿을 것 같아서였다.

"흥!"

자미룡은 코가 떨어져 나갈 듯이 냉소를 쳤다.

"앞으로 두 번 다시 내 젖가슴 만지지 못할 줄 알아요!"

그녀는 취한데다 화까지 나서 더 빨개진 얼굴로 휙 고개를 돌려 버렸다.

"너, 이름이 뭐냐?"

하지만 무가내는 자미룡의 엄포에는 신경도 쓰지 않고 요마이전사인 요마투로주에게 물었다.

몇 달 동안 요마군에서 생활한 그녀지만 이름을 아는 사람은 아무도 없었다.

워낙 평범한데다 사람들의 관심 밖에서 겉도는 어린 소녀라 대부분 그녀의 이름 같은 것은 알기를 원하지 않았었다.

같은 숙소에서 생활하는 여자 요마전사들이 몇 차례 이름을 물은 적이 있기는 하지만, 그녀는 입을 꼭 다물고 모른 채로 일관했었다.

요마투로주는 부복하여 이마를 바닥에 댄 자세에서 우렁찬 목소리로 대답했다.

"요마낭(妖魔娘)입니다!"

기합이 바짝 든 그녀의 대답에 모두들 뜻밖이라는 듯한 얼굴로 쳐다보았다.

'요마낭' 이라는 의미심장하고도 괴이한 이름 때문이었다.

요마군과 요마낭.

그리고 끝내 요마투로주가 된 그녀.

'요마' 하고는 찰떡궁합이었다.

무가내는 흥미 어린 표정을 지었다.

"그게 진짜 이름이냐?"

"그렇습니다!"

평소에는 숫기라고는 없는 그녀지만 무가내의 물음에는 전각이 다 울릴 정도로 쩌렁쩌렁하게 대답했다.

“그럼… 성이 요(妖)씨냐?”

모두들 궁금한 표정으로 그녀를 주시했다. 천하에 성씨는 수천 종류지만 요씨 성을 가진 사람은 아무도 본 적이 없기 때문이었다.

“그렇습니다!”

그러나 요마투로주의 대답은 모두의 예상을 깼다.

아직 세상물정에 대해서 잘 모르는 무가내는 빙그레 웃으며 고개를 끄덕였다.

“음! 훌륭한 이름이다!”

그가 좋아하는 글자인 ‘요’ 나 ‘마’ 가 두 글자나 들어 있는 이름. 그것도 본명이기 때문이었다.

무가내는 요마낭에게 관심을 보였다.

“몇 살이냐?”

“열여섯 살입니다!”

“호오… 어리구나.”

모두들 적잖이 놀란 얼굴들이었다. 요마낭이 열여섯 살보다는 두어 살 정도 많을 것이라고 예상했기 때문이다.

냉운월이 덧붙였다.

“열여섯 살이면 본 방 내에서 최연소입니다.”

“최연…….”

“제일 어리다는 것입니다.”

“음, 나도 안다. 최연소.”

무가내는 냉운월의 설명보다 한 걸음 늦게 최연소라는 말뜻을 생각해 냈다.

그는 문득 궁금해져서 냉운월에게 물었다.

"요마낭이 최연소면 그다음 나이 어린 사람은 누구지?"

냉운월은 나란히 앉아 있는 무가내와 은예상, 자미룡을 번갈아 쳐다보면서 고개를 갸웃거렸다.

"아마 세 분일 것입니다."

무가내와 은예상, 자미룡은 서로의 얼굴을 마주 쳐다보았다.

사실 세 사람은 동갑이다.

그것을 세 사람은 알고 있다. 하지만 굳이 일부러 나이를 따지고 싶지 않은 그들이었다.

무가내는 은예상에게는 낭군이고, 자미룡에게는 오빠다. 그것으로 족하다.

무가내는 흐뭇한 미소를 머금으며 요마낭을 쳐다보았다.

"요마낭, 네가 막내로구나."

요마낭은 부복한 채 꼼짝하지 않았다.

그녀를 바라보는 무가내의 눈빛이 가볍게 일렁였다.

아무도 요마낭에 대해서 제대로 알지 못하지만 무가내만은 달랐다.

그는 요마낭이 비무를 할 때 사용했던 무공을 알고 있었다.

요마낭의 무공은 빙염, 즉 요선마후의 최고 절학 중 하나인 요마탈혼(妖魔奪魂)이었다.

무림에는 삼절마제의 검법이 최강이라고 알려져 있지만, 사실 요선마후의 두 가지 성명검법인 요마사십팔절과 요마탈혼도 결코 그에 못지않았다.

사대종사가 강호에서 활약하던 시절에 삼절마제는 하루에도 여러 차례 싸움을 벌였지만 요선마후는 그다지 싸움을 즐겨하지 않았었다.

또한 삼절마제는 싸움을 할 경우에 어김없이 자신의 성명검법을 사용했지만, 요선마후는 검법보다는 다른 요마술들을 주로 사용했었다.

그랬기 때문에 요선마후의 성명검법은 뛰어나면서도 그다지 무림에 알려지지 않았던 것이다.

오늘 비무대회에서 무적방은 많은 성과를 거두었지만, 무가내는 개인적으로 요마낭이라는 보물을 얻었다.

그는 장차 요마낭이 삼군장 못지않은 활약을 할 것이라고 믿었다.

이윽고 잠시 멈추었던 술자리가 시작되어 요마낭이 노래를 시작했다.

그러나 그녀의 노래 솜씨는 무공 실력에 비해서 형편없었다.

수십 개의 자갈을 소쿠리에 담아 마구 흔들어대는 듯한 노랫소리는 아예 귀를 떼어내고 싶을 정도의 소음 수준이었다.

어쨌든 요마낭과 요마해로주의 노래가 끝났다.

그러자 언제나 그랬듯이 그 자리에 있던 모든 사람들이 차례로 일어나 노래를 불렀다.

더러는 자발적으로 불렀고, 더러는 무가내의 강압에 못 이겨서 불렀다.

무가내는 가무(歌舞)를 무척이나 좋아한다. 그래서 술을 마실 때에는 가무가 빠지지 않는다.

결국 모두의 노래가 끝나자 이제는 무적방 모두의 노래, 즉 방가(幇歌)처럼 돼버린 무가내의 노래가 시작됐다.

"구름이 걷히니 산머리 푸르고!"

무가내는 일어나서 덩실덩실 춤을 추며 낭랑한 목소리로 노래를 불렀다.

술이 거나하게 취한 자미룡과 냉운월, 양신웅도 따라 일어나서 흥겹게 춤을 추며 따라 불렀다.

"연꽃이 피니 물빛이 붉도다!"

무적방 전사들 중에서 이 노래를 모르는 사람은 한 명도 없다. 그들도 술을 마실 때나 기분이 좋을 때면 누가 먼저랄 것도 없이 이 노래를 불러 제꼈다.

그만큼 유명한 노래다. 하지만 또한 무적방 사람들만 알고 있는 노래이기도 했다.

그리고 누군가가 노래의 제목을 붙였다.

오악가(五惡歌).

즉, 오악도의 노래라는 뜻이다.

슬금슬금 눈치를 보던 오도겸이 일어나 노래를 부르자 점잖기로 소문난 균현마저도 일어나 구성지고도 힘찬 목소리로 노래를 함께 불렀다.

"옅은 구름은 은하수를 지나고!"

상관들이 모두 일어났으니 이번에는 전사들의 차례다.

모두들 코가 비뚤어지도록 취했겠다, 분위기는 하늘 높은 줄 모르겠다, 천하가 모두 이들의 것이었다.

"가랑비는 오동나무를 적시도다!"

무가내가 은예상을 일으켜 손을 잡고 복판으로 이끌자, 그녀는 주저하지 않고 따라 나와 하늘하늘 천상의 선녀처럼 춤을 추면서 노래를 불렀다.

"꽃처럼 아름다운 그대 얼굴은 그려내기 쉽건만~"

너무도 맑고 청아한 목소리에 사람들은 놀라서 노래를 멈추고 일제히 그녀를 주시했다.

무가내는 물론이거니와 그녀의 노래를 듣는 것은 모두 처음이었다.

모두들 동작과 노래를 멈추고 지켜보는 가운데 은예상은 백학이 날갯짓을 하듯, 꽃잎이 바람에 흩날리듯 곱디곱게 춤을 추며 노래를 불렀다.

"속 타는 이내 마음은 정녕 그려내지를 못하는구나~"

실로 심금을 울리는 목소리고, 정신을 몽롱하게 만드는 춤사위였다.

은예상까지 일어나 모두들 덩실덩실 춤추고 노래를 부르

는 데에도 귀혈창랑 혼자만 멀뚱하게 자리에 앉아서 그 광경을 지켜보고 있어야만 했다.

그는 우선 노래를 모르는데다가 아무리 술이 취했더라도 이 자리는 자신이 낄 자리가 아니라고 판단했기 때문이었다.

한바탕 난리굿이 끝나자 갈증을 느낀 모두는 자리에 앉아 다시 술을 마시기 시작했다.

이제나저제나 기회를 엿보고 있던 귀혈창랑은 조심스럽게 일어나 원의 복판을 가로질러 무가내에게 걸어갔다.

이어서 은예상과 자미룡을 양팔로 품에 안은 채 그녀들이 입에 대어주는 술을 넙죽넙죽 받아 마시면서 희희낙락하던 무가내를 향해 공손히 무릎을 꿇고 큰절을 올렸다.

"방주, 일검장천 주공명을 죽이고 장천방을 전멸시켜 주셔서 진심으로 감사드립니다."

"어… 그거?"

무가내는 게슴츠레한 눈으로 귀혈창랑을 쳐다보았다.

귀혈창랑은 감히 고개를 들지 못하고 이마를 바닥에 붙인 채 더없이 공손한 어조로 말을 이었다.

"일검장천 주공명은 지난 이십여 년 동안 안휘성 장강 이남 지역의 사독요마 백오십여 방, 문파를 짓밟았고, 삼만여 명이 넘는 사독요마 고수들을 죽였습니다."

무가내는 고개를 끄덕였다.

"응. 균현에게 들었다. 그렇기 때문에 그놈과 장천방을 없애 버린 거지."

그는 빙그레 미소를 지었다.

"그만 일어나서 편히 앉아라. 내가 불편하다."

무가내가 불편하다는 말에 귀혈창랑은 어쩔 수 없이 상체를 폈다. 하지만 무릎을 꿇은 자세를 풀지는 않았다.

균현은 장천방이 안휘성 장강 이남 지역 사독요마의 씨를 말리고 있다는 사실을 오래전부터 익히 알고 있었다.

절강무림의 구룡방이 사독요마를 토벌했던 것보다 안휘성 장강 이남 지역에 대한 장천방의 토벌이 훨씬 더 악랄하다는 사실은 이미 소문이 나 있었다.

그래서 무가내에게 그 사실을 넌지시 보고하자 아니나 다를까, 균현이 예상했던 대로 무가내는 즉시 장천방을 쓸어버리기로 결정을 내렸다.

그때는 황산의 우림원에서 무현 진인과 청송자를 비롯하여 백여 명의 도사들을 죽인 직후였다.

무가내와 전 무적군, 혈검군은 진로를 북쪽 동릉현으로 잡고 이틀 동안 달려가서 장천방에 당도했다.

장천방이 안휘성 장강 이남 지역의 패자라고는 하지만, 경계하는 고수들을 겨우 이십여 명 남짓 남겨놓고 모두 깊은 잠에 빠져 있는 상황은, 무가내 같은 피에 굶주린 맹수에게는 좋은 먹잇감이 아닐 수 없었다.

무가내에게 정정당당함 같은 무림의 상식이나 예의가 있

을 리 없었다.

그는 몸소 무적전사들과 혈검전사들을 이끌고 장천방의 담을 넘어 공격을 시작했다.

급습은 제대로 들어맞았다.

무적방 전사들은 잠자는 장천방 고수들을 마구 찌르고 베어 죽였으며, 잠에서 깨어 허둥대는 놈들을 사냥하듯이 닥치는 대로 주살했다.

무가내는 장천방주인 일검장천 주공명의 거처로 잠입하여 단 삼 초식 만에 그를 죽였다.

한밤중에 벌어진 처절한 피의 축제는 불과 반 시진 만에 싱겁게 끝나 버렸다. 장천방 칠백여 고수들이 불과 반 시진 만에 저승으로 떠난 것이다.

균현은 안휘성 장강 이남 지역에 겨우 남아 있는 사독요마의 네 개 방, 문파에 장천방이 괴멸했다는 소식을 알려주었다.

그러자 귀연혈창보가 가장 먼저 그 사실을 확인하고는 균현을 자파로 초청하고 싶다고 간곡한 전갈을 보냈다.

귀혈창랑은 그때까지만 해도 총혈계 휘하 사마절강혈계의 계주인 사혼귀존 균현이 수하들을 이끌고 장천방을 전멸시킨 것으로 알고 있었다.

그러나 어제 균현이 귀연혈창보에 도착하고 나서야 귀혈창랑은 무적방이 장천방을 전멸시켰다는 사실을 알게 되었다.

뿐만 아니라 장천방이 전멸하기 이틀 전에 황산 우림원이 초토로 변했으며, 무현 진인과 청송자까지 무가내의 손에 죽었다는 사실을 알고 기절초풍할 만큼 경악했었다.

귀혈창랑에게 있어서 무가내는 놀라움, 아니, 경이로움 그 자체였다.

그는 사람을 평가하는 데 있어 무척이나 까다로운 인물이다.

그런데 무가내를 단 하루 곁에서 지켜보고는 그의 매력에 흠뻑 빠져 버리고 말았다.

그래서 귀혈창랑은 지금 무가내의 수하가 되기를 간절하게 원하고 있었다.

"본 방은 총혈계에 속해 있지 않습니다."

귀혈창랑은 더 이상 공손할 수 없을 만큼 예의를 갖추어 입을 열었다.

"총혈계는 사독요마 위에 군림하려고 할 뿐이지 실제로 사독요마를 위해서 한 일은 손톱만큼도 없습니다."

귀혈창랑은 남을 헐뜯는 성격은 아니지만 평생 단 한 번 총혈계를 비판하고 있었다.

"천하의 사독요마들은 정협맹의 탕마령을 피해 깊은 산속으로 숨어들어 내일을 기약할 수 없는 처지에서 근근이 살아가고 있는데, 총혈계는 여태껏 그런 사독요마를 위해서 아무것도 한 일이 없습니다."

귀혈창랑이 심각한 얘기를 하자 양손으로 은예상과 자미룡의 엉덩이를 쓰다듬고 있던 무가내는 슬며시 손을 빼서 앞으로 모았다.

지금 귀혈창랑은 천하의 사독요마들이 처해 있는 가장 절박하고도 본질적인 사정을 토로하고 있었다.

천하의 사독요마들의 형편은 귀연혈창보보다 못하면 못했지 나은 것이 없는 상황이었다.

그는 단호하게 잘라서 말했다.

"단언하건대, 이런 식이라면 아무도 총혈계를 따르지 않을 것입니다."

이어서 그는 잠시 침묵을 지키면서 긴장된 얼굴로 조심스럽게 무가내를 응시했다. 그가 무슨 생각을 하고 있는지 헤아리려는 것이다.

무가내는 조금 전까지 잔뜩 취해서 희희낙락했었지만 지금은 진중한 얼굴로 귀혈창랑을 쳐다보고 있었다.

그와 눈이 마주친 귀혈창랑은 급히 상체를 숙여 이마를 바닥에 대면서 간절한 어조로 말했다.

"부디 저희를 거두어주십시오."

사실 결론은 그것이었다.

귀혈창랑은 무가내야말로 자신과 수하들을 거둘 유일한 인물로 판단한 것이었다.

무가내는 잠자코 있다가 설레설레 고개를 가로저었다.

"너희까지 거두면 무적방이 너무 커져 버린다."

그의 솔직한 심정이었다.

그는 무적방의 지금 인원에게 전심전력을 기울여 훈련시
켜서 최정예고수로 갈고닦을 계획이었다.

그 계획은 지금 순조롭게 착착 진행 중이고, 별일이 없는
한 오래지 않아서 무적방은 천하무적의 방파가 될 터이다.

그런데 지금 귀연혈창보를 거두게 되면, 그들을 처음부터
새롭게 수련시켜야만 한다.

그러면 당연히 무적방 이천여 명의 전사들과 귀연혈창보
는 큰 격차가 벌어지게 된다.

아니, 귀연혈창보를 거두게 되면 또 다른 사독요마들도 끊
임없이 거두어야 할 상황이 초래될 것이다.

그렇게 되면 그때마다 그들을 새로 수련시켜야만 하기 때문에
무적방은 번번이 발목이 잡히고 마는 악순환이 계속될 터이다.

무가내는, 그리고 무적방은 할 일이 너무도 많다.

그리고 이제 막 천하대계의 거보(巨步)를 떼어놓았으며, 탄
력을 받은 상태다.

그런 상황에서 추종자들에게 발목이 잡혀 꼼짝달싹 못하
게 된다면 계획에 막대한 차질을 빚게 될 것이 분명하다.

무가내의 대답에 귀혈창랑의 얼굴에 절망감이 떠올랐다.

귀혈창랑은 무적방이, 아니, 무가내가 절강무림에서 이룩
한 업적을 소문을 들어서 너무도 잘 알고 있다.

절강성의 절대자인 극신도황 구양중겸과 강소성의 절대자
인 천중검협을 잇달아 죽이고, 구룡방을 해체시켜 그 자리에

무적방을 세워 단시일에 전 무림의 주목을 받게 된 인물.

무가내는 현재 천하 사독요마의 희망이며 태양 같은 존재로 떠오르고 있는 중이었다.

천하의 사독요마들은 숨죽인 채 무가내의 행보를 지켜보고 있었다.

그리고 그가 늪의 바닥에 깊이 가라앉아 있는 사독요마를 부흥시켜 주기를 간절하게 열망하고 있었다.

그런 무가내가 지금 귀혈창랑 앞에 앉아 있는 것이다.

그러니 어찌 귀혈창랑이 지금과 같은 천재일우의 기회를 놓칠 수 있겠는가.

무가내는 귀혈창랑에게 일단 거절의 뜻을 내비쳤지만 마음이 편하지 않았다.

그래서 고심하기 시작했다.

어떻게 하면 이들을 뿌리치지 않고, 또 무적방이 제 할 일을 할 수 있을까에 대해서였다.

그저 겉으로만 고심하는 체하는 것이 아니라 실제로 깊이 고민하고 갈등하고 있었다.

'천하의 사독요마들이라면 모두 네 마물의 수하들이 아니겠는가? 그런데 나를 따르겠다는 그들을 버리는 방법밖에 없단 말인가?

자신을 따르겠다는 사독요마는 한 명도 남기지 않고 모두 거두고 싶은 것이 그의 진심이었다.

하지만 현실이 그것을 허락해 주지 않았다.

얼마 전에 무적방을 개파했을 때에도 수많은 사독요마들이 소문을 듣고 찾아왔었다.

하지만 그때도 무가내는 균현과 은예상의 간언을 받아들여 그들 중에서 극소수에게만 입방을 허락했었다.

물론 그 이유는 최강의 무적방을 만들기 위해서였고, 그것은 지금도 변함이 없었다.

귀혈창랑은 착잡하고도 절박한 표정을 지은 채 무가내를 바라보고 있었다.

그는 말이 많은 사람이 아니다. 자신의 의지를 충분히 전했다고 여겼으며, 지금 무가내가 고심하고 있기에 초조한 심정으로 하회를 기다렸다.

은예상과 균현은 머릿속으로 어떤 밑그림이 완성되어 있는 상태지만 입을 열지는 않았다.

무가내에게 생각과 결정을 맡기려는 것이다.

진정한 사독요마의 절대자가 되기 위해서는 앞으로도 수많은 생각과 고심, 결정을 해야만 한다.

그러므로 무가내는 그런 것들을 지금부터 훈련하지 않으면 안 되는 것이다.

문득, 무가내는 귀혈창랑을 쳐다보며 조용히 물었다.

"너희는 사독요마 중에 어디에 속해 있느냐?"

"저희의 뿌리는 '마' 입니다만, 지파(支派)입니다."

"지파라……."

무가내는 입속으로 웅얼거리면서 '지파'가 무슨 뜻인지 풀이해 보았다.

'가를 '지'에 또한 가를 '파' 자니까 본줄기가 아니라 나뭇가지 같은 것일 게다.'

그때 균현이 공손히 설명했다.

"대마종과 사대종사의 직속 본파들은 제이차 흔천대전 당시에 거의 전멸했습니다. 그래서 당금 천하의 사독요마는 대부분 지파들입니다."

"그렇군."

무가내는 가볍게 고개를 끄덕였다.

그는 처음에 귀연혈창보에 왔을 때, 그들이 모두 창을 지니고 있는 것을 보고 조금 의아하게 생각했었다.

사대종사의 무공 중에서 창술이나 창법은 없기 때문이었다.

무가내는 가볍게 미간을 좁혔다.

무엇인가 좋은 방법이 생각날 듯하면서도 끝내 떠올라주지 않았다.

"조금 더 생각해 보자."

그래서 그는 결국 그렇게 말하고 일어설 수밖에 없었다.

이미 분위기가 많이 가라앉아 버렸기 때문에 술자리는 그쯤에서 끝났다.

第四十九章
반란의 밤

대
마
홍
大魔人宗

무가내는 기껏 마신 술이 귀혈창랑 때문에 다 깨버렸다.

그는 은예상을 재워놓고 귀혈각 대전 입구를 나와 돌계단을 내려갔다.

너른 마당에는 어제 무적방 전사들 모두에게 열광과 희비를 안겨주었던 다섯 개의 비무대가 황량하게 여기저기에 세워져 있었다.

그는 비무대 사이를 지나 마당의 끄트머리 쪽으로 산책하듯 천천히 걸어갔다.

문득, 그는 앞쪽 어둠 속에 한 사람이 서 있는 것을 발견했지만 계속 걸어갔다.

깊은 생각에 잠겨서 걷느라 사람이 있는 줄도 모르고 있었다.

마당 끝 낭떠러지 가장자리에 등을 보인 채 서 있는 사람은 균현이었다.

무가내가 워낙 기척없이 걸어가고 있었으므로 균현은 아직 그의 존재를 모르고 있었다.

무가내가 그의 이 장쯤에 이르러 일부러 약간 발자국 소리를 내자 그가 움찔 놀라 뒤돌아보다가 황망히 허리를 굽혔다.

"주군, 야심한 시각에 어인 일이십니까?"

"그러는 자넨 웬일인가?"

"속하는 잠이 오지 않아서……."

"나도 그렇네."

무가내가 낭떠러지 끝에 서자 균현은 그 옆에 우뚝 섰다.

낭떠러지 아래는 온통 뿌연 밤안개에 덮여 있었다.

"균현, 내가 천하쟁패를 할 수 있을까?"

무가내는 뜬금없이 중얼거렸다.

균현은 가볍게 표정이 변해서 무가내를 쳐다보다가 시선을 허공으로 던졌다.

"솔직하게 말씀드리면, 장담할 수 없습니다."

이런 식의 대화는 두 사람 사이에 지금이 처음이다.

"정협맹이 그렇게 강한가?"

"강합니다. 그리고 거대합니다."

"음."

무가내는 가만히 고개를 끄덕였다.

균현은 조심스럽게 무가내의 얼굴을 살피면서 말을 할까 말까 망설이다가 입을 열었다.

"우리가… 아니, 주군께서는 그동안 승승장구하셨지만, 이제 시작일 뿐입니다."

그는 무가내가 정협맹의 실체를 제대로 파악하기를 원했다. 그래서 말을 하기로 결정했다.

"구룡방과 장천방, 우림원은 정협맹 전체 세력의 백분지 일에도 채 못 미칩니다."

과연 무가내는 조금 뜻밖이라는 표정을 지었다.

"정협맹이 그렇게 큰가?"

"그렇습니다. 정협맹은 이십 년 전에 대천신등이 침공했을 당시보다 세 배 이상 거대해졌습니다."

"세 배라… 굉장하군."

무가내는 자신이 지난 몇 달 동안 깨부수고 죽인 것들이 정협맹 전체 세력의 백분지 일에도 못 미친다는 말에 적잖은 충격을 받았다.

"정협맹은 지난 이십 년 동안 꾸준히 세력을 키웠습니다. 중원삼십육태두와 그 휘하의 수천 개 방, 문파들이 무림을 마음대로 분탕질 치면서 휘젓게 내버려 두는 대신, 최대한 세력을 키우게 만들었습니다. 그 결과 현재의 정협맹은 무림 사상

전무후무한 거대 세력이 된 것입니다."

무가내의 얼굴이 심각하게 변했다.

"균현, 솔직하게 대답해 줘."

균현은 적잖이 긴장하며 허리를 굽혔다.

"하문하십시오."

"무적방과 정협맹을 비교하면 어느 정도 차이가 나지?"

균현은 어떻게 설명해야 할는지 적당한 말을 고르느라 즉시 대답하지 못하다가 잠시 후 입을 열었다.

"예전 구룡방이 정협맹이라면, 황룡표국이 무적방쯤 될 것 같군요."

무가내는 눈살을 찌푸리며 혀를 내둘렀다.

"우리가 정협맹에 비해서 그 정도로 형편없어?"

"현재는 그렇습니다."

무가내는 궁금한 표정을 지었다.

"그렇다면 내가 정협맹을 쓰러뜨리고 천하를 쟁패할 가능성이 별로 없는 것인가?"

균현은 즉답하지 않고 잠시 뜸을 들였다가 입을 열었다.

"현재로선 그렇습니다."

그렇게 말해놓고서 그는 긴장한 표정으로 무가내의 반응을 기다렸다.

그로서는 일대 모험이었다. 만약 자신의 말 때문에 무가내가 의기소침하여 천하쟁패의 야망을 접는다면, 모든 것을 잃게 되는 것이다.

그러나 균현은 무가내가 그처럼 나약한 성격이라고 평가하지는 않았다.

최소한 그가 지금껏 곁에서 지켜본 무가내는 그런 사람이 아니었다.

균현의 말에 무가내는 길게 생각하지 않고 즉시 되물었다.

"그렇다면 내가 어떻게 하면 되지?"

그러자 균현의 입가에 '과연 주군이시다' 라는 흐뭇한 미소가 떠올랐다.

균현은 조금 욕심을 내보기로 했다.

"어떻게 하시면 좋을 것 같습니까?"

지금 무가내의 모습은 균현으로서는 처음 보는 몹시 진지한 것이었다.

균현은 아까 귀혈창랑이 거두어달라고 간청할 때부터 무가내가 줄곧 깊은 생각에 잠겨 있었던 것을 기억하고 있다.

그는 필경 많은 생각을 했을 테고, 나름대로 어떤 결론을 이끌어냈을 것이다.

균현은 지금 그것이 듣고 싶었다.

무가내는 고개를 들어 조각달이 떠 있는 어스름한 밤하늘을 바라보았다.

그의 표정은 어느 때보다 고요했고 눈빛은 맑았다.

"아까 귀혈창랑의 말을 듣고 나서 곰곰이 생각해 봤는

데……."

그는 생각을 정리하고 나서 말을 이었다.

"귀연혈창보를 거두어도 괜찮을 것 같더군."

균현은 그의 말을 끊지 않고 듣기만 했다.

"그렇지만 무적방으로 받아들이겠다는 것은 아냐."

귀연혈창보를 거두겠다면서 무적방에 받아들이지는 않겠다니, 균현은 조금 의아한 생각이 들었다.

"나는 무적방이 지금 이대로가 좋다고 생각해. 그들은 지금 잘하고 있고, 날이 갈수록 점점 강해질 거야."

그럴 것이다. 무적방의 전사들은 사대종사의 철학으로 무장을 하고, 수많은 싸움을 거치면서 정말 무적의 전사들로 성장할 것이다.

"무적방은 앞으로 많은 형제들을 잃고 나서야 정말로 강해지겠지. 그때가 되면 천 명이 남을 수도 있을 테고, 어쩌면 백 명만 남을 수도 있을 거야."

균현은 조금 긴장하여 무가내를 쳐다보았다.

무가내의 표정은 초연했다. 마치 높은 산꼭대기에서 수천 년 세월의 풍상을 견뎌낸 강건한 바위 같았다.

"그래도 나는 더 이상 무적방에 수하를 거두지는 않을 거야. 백 명이든 오백 명이든, 그들만으로 끝까지 가볼 생각이야."

균현은 무가내의 말을 끊지 않으려고 했지만 궁금해서 그럴 수가 없었다.

"주군께선 조금 전에 귀연혈창보를 거두겠다고 말씀하셨는데, 그럼 그들은 어쩔 생각이십니까?"

"그들은 따로 가르쳐야지."

균현은 조금 놀라는 표정을 지었다.

"제이의 무적방을 만들 생각이십니까?"

제일 먼저 떠오르는 생각이 그것이었다.

무가내는 고개를 가로저었다.

"나는 무적방을 이끌고 정협맹을 상대해야지 제이의 무적방 같은 것에 허비할 시간이 없어."

"그러시면……."

무가내는 뒷짐을 졌다.

"조금 전까지는 이곳에 수하 몇 명을 남겨서 귀연혈창보에 무공을 가르치게 할 생각이었어."

균현은 가볍게 놀라고도 감탄하는 표정을 지었다.

무가내의 말인즉, 무적방 전사들 중에서 사대종사의 무공에 정통한 몇 명을 선발하여 그들을 이곳에 머물게 하면서 귀연혈창보 전원에게 무공을 가르치겠다는 뜻이었다.

즉, 이곳에 남겨지는 무적방 전사는 이른바 무공 교두(武功教頭)나 사범이 되는 것이다.

사대종사의 무공을 꼭 무가내가 일일이 직접 가르쳐야 할 필요는 없다.

또한 귀연혈창보 수하들에게 굳이 사대종사의 최고 절학을 가르칠 필요도 없는 것이다.

사대종사의 무공은 하나같이 타의 추종을 불허하는 훌륭한 것들뿐이므로 최고 절학이 아니더라도 전력으로 익히기만 하면 장차 사독요마의 일류고수가 되는 것은 그다지 어려운 일이 아닐 터이다.

무가내의 생각은 거기까지 발전한 것이다.

무가내의 시선은 달 주변에 생긴 뿌연 달무리에 고정되어 있었다.

"만약 또 다른 사독요마의 방파가 내게 거두어달라고 하면, 그들도 받아들여서 귀연혈창보처럼 할 생각을 해봤었지."

무가내의 명성과 업적이 천하에 널리 퍼지면 퍼질수록 귀연혈창보처럼 거두어달라고 하는 사독요마의 방, 문파들이 더 많이 생길 것이다.

그러면 그때마다 그들 방, 문파에 무적방의 전사 몇 명, 즉 무공 교두를 파견하여 사대종사의 무공을 가르치게 하겠다는 뜻이다.

기발한 생각이 아닐 수 없었다.

그렇게 되면 무가내와 무적방은 제 할 일을 다하면서도, 한쪽에서는 사독요마의 고수들을 키워낼 수 있는 것이다.

하나의 방, 문파에 두 명의 무적방 전사를 보낸다면 열 개

방, 문파면 이십 명만 보내면 된다.

무적방 전체 전력 이천 명 중에서 이십 명 정도만 빼내는 것은 흡사 연못에서 물 한 바가지 퍼내는 것처럼 티도 나지 않을 터이다.

균현조차도 미처 생각해 내지 못한 기발한 방법을 무가내가 생각해 낸 것이다.

균현은 얼굴에 감탄의 표정을 감추지 않고 떠올리며 무가내를 쳐다보았다.

"훌륭한 생각이십니다."

그런데 뜻밖에도 무가내는 고개를 설레설레 가로저었다.

"아냐. 나는 조금 전에 자네가 한 말을 듣고 나서 다시 생각해 봤어."

균현은 적잖이 놀라고도 어리둥절한 표정을 지었다.

"자네, 정협맹이 이십 년 전보다 세 배 이상 거대해졌다고 말했었지?"

"그렇게 말씀드렸지요."

"그처럼 거대한 정협맹을 상대해야 하는데, 우린 기껏 사독요마 방, 문파 몇 개를 죽어라고 가르쳐 봐야 무슨 소용이 있겠어? 안 그래?"

"그… 렇지요."

반박의 여지가 없는 무가내의 말이었다.

문득, 균현은 달무리를 응시하고 있는 무가내가 지그시 어금니를 악무는 것을 발견하고 순간적으로 긴장이 엄습했다.

무가내의 두 눈에서 가벼운 안광이 일렁였다.

"균현."

"말씀하십시오."

균현은 자세를 똑바로 했다.

"거두어달라고 하는 방, 문파만 받아들일 것이 아니라, 아예 천하의 사독요마들을 깡그리 끌어 모으는 거야."

"……."

차디찬 한줄기 바람이 균현의 등줄기를 훑었다.

그는 지금 무가내가 무슨 말을 하고 있는 것인지 조금 감이 잡히기 시작했다.

"천하의 진명유림이 다 모여서 정협맹을 만들어냈다면, 우린 사독요마를 모조리 긁어 모으자구."

균현은 열뜬 목소리로 조심스럽게 물었다.

"그럼… 우리가 총혈계가 되는 것입니까?"

무가내는 고개를 설레설레 가로저었다.

"아냐."

"……."

"이십 년 전에 대천등을 몰아냈던 대마종의 사마총혈계. 그런 것을 만들어야 해."

"……."

균현은 무언가 뜨거운 것이 가슴 밑바닥에서 솟구쳐 오르는 것을 느꼈다.

목이 콱 막혔고 온몸이 후들후들 떨렸다.

이십 년 전 대마종이 무림 사상 최초로 일통했던 사독요마를 이제 무가내가 재현하겠다고 말하고 있는 것이다.

균현이 너무도 거센 충격과 감동으로 아무런 말이 없자 무가내는 밤하늘에서 시선을 거두어 그를 쳐다보며 조심스러운 표정을 지었다.

"왜? 내 말이 이상해? 별로야?"

균현의 동공 가득 무가내의 얼굴이 들어찼다.

무가내의 표정은 조심스러움에서 초조함으로 변하고 있었다.

만약 균현이 그 계획을 실현 불가능한 것이라고 말하면 무가내는 크게 실망할 듯한 표정이었다.

균현은 목이 콱 막혀서 말이 나오지 않았다. 그래서 고개부터 가로저었다.

"말을 해, 말을."

무가내가 답답하다는 표정을 지었다.

"저, 절대로 이상하지 않습니다. 후… 훌륭하신 생각입니다……!"

균현은 쥐어짜 내듯 겨우 말했다.

"뭐가?"

"방금 주군께서 말씀하신 계획 말입니다……. 최곱니다!"

"좋다는 거지?"

무가내의 얼굴에 비로소 화색이 돌았다.

"물론입니다!"

"좋아. 그럼 그 계획을 좀 더 다듬어보자구."

균현은 감탄 어린 표정으로 무가내를 쳐다보았다.

사실 지금까지 무가내는 머리가 없었다. 즉, 생각이라는 것을 거의 하지 않고 행동했었다.

그런 그가 생각을 하기 시작했고, 마침내 기발한 계획을 만들어낸 것이다.

무가내가 의아한 얼굴로 균현을 쳐다보았다.

"왜 그런 얼굴로 쳐다보는 거지?"

"아… 아닙니다."

균현과 헤어진 후 귀혈각 대전 입구로 들어가려던 무가내는 뚝 걸음을 멈추었다.

무엇인가를 감지했기 때문이다.

그는 천천히 돌아서서 태연한 동작으로 주변을 쓸어보았다.

돌계단 아래 마당에 다섯 개의 비무대가 덩그러니 놓여 있을 뿐 아무것도 눈에 띄지 않았다.

그는 주위를 둘러보면서 아울러 공력을 끌어올려 움직임을 감지하려고 했으나 무위로 그치고 말았다.

골짜기와 산봉우리를 휘도는 바람 소리뿐, 아무것도 감지 되지 않았다.

그는 고개를 갸웃거렸다.

'바람 소리였나?

깊은 산중의 산봉우리 중턱인 이곳에서는 속세보다 더 많 은 음향들이 더 거세게 들려온다.

방금 전에 무가내는 그 음향들 중에서 아주 미미한 파공음 을 들은 듯했다.

바람이 골짜기와 산봉우리, 전각과 나무를 스치는 소리하 고는 약간 다른 파공음이었다.

그렇지만 조금 전에 그가 느꼈다고 여긴 파공음은 더 이상 감지되지 않았다.

그는 자신이 착각을 했다고 생각하면서 다시 몸을 돌려 대 전 안으로 휘적휘적 걸어 들어갔다.

*　　*　　*

군산(君山).

천하에서 가장 거대한 호수인 호남성의 동정호 북쪽 끝에 떠 있는 큰 섬이다.

동정호는 춘추전국시대 이래 수많은 개간과 수리 공사로 인해서 지금과 같은 호수가 되었다.

　호남성 내의 농수(濃水), 상강(湘江), 원수(沅水), 자수(資水) 네 개의 강이 흘러들어 동정호를 이루었다가 장강으로 빠져 나간다.

　악양루(岳陽樓)에서 바라보면 마치 ‘은쟁반 위에 놓인 푸른 조개’ 처럼 보인다고 해서 군산은 명주(明珠)라는 애칭을 갖고 있기도 하다.

　그러나 이십여 년 전부터는 군산이라는 옛 이름은 퇴색해 버리고 정협맹으로 더 유명해지기 시작했다.

　군산에 천하 진명유림의 총본산인 정협맹이 웅크리고 있기 때문이다.

　자정이 훌쩍 넘은 시각의 정협맹은 동정호처럼 깊은 어둠과 고요 속에 묻혀 있었다.

　정협맹에는 어디에도 담이 없다. 섬을 둘러싼 호숫물이 담이라면 담이다.

　군산에는 하나하나가 모두 빼어나게 아름다운 일흔두 개의 봉우리가 섬 도처에 솟아 있다.

　봉우리 사이에는 안개가 자욱하기 때문에 멀리에서 보면 안개의 호수에 일흔두 개의 섬이 떠 있는 것 같은 착각이 들기도 했다.

　정협맹 삼백삼십삼 채의 건물은 일흔두 개의 봉우리 주변과 봉우리들 사이를 흐르는 계류 가의 언덕 위, 그리고 섬 가

장자리에 띄엄띄엄 무질서하게, 그러나 한가로운 풍경처럼
흩어져 있다.

군산은 그다지 큰 섬은 아니지만 지형이 험준하고 계류가
많으며 숲이 우거져서 마치 깊은 산중의 한 부분을 뚝 떼어서
동정호에 갖다 놓은 듯했다.

그래서 삼백삼십삼 채의 많은 전각이 지어져 있어도 한곳
에 멈춰서 둘러보면 근처 수십 장 이내에 있는 몇 채의 전각
들만 눈에 띌 정도였다.

군산의 남쪽은 강호유림계의 구역이다.

그곳 검악봉(劍岳峰) 아래에 울창한 대나무 숲을 중심으로
한 채의 삼층 전각과 열두 채의 부속 건물들이 지름 삼백여
장 이내에 드문드문 위치해 있다.

이곳은 정협맹이 보유하고 있는 스무 개의 조직 중에서 건
곤부(乾坤府)라는 이름을 갖고 있다.

졸졸졸.

폭 삼 장 정도의 작고 얕은 계류가 반짝이면서 흐르는 광경
이 마치 보석을 뿌려놓은 듯했다.

계류 가에는 건곤부의 부속 건물 중 하나가 있었고, 건물과
계류 사이에 아담한 정자 하나가 있는데, 지금 그곳에 두 명
의 청년 고수가 마주 앉아서 차를 마시며 담소를 나누고 있었
다.

두 청년 고수는 이곳 건곤부 소속의 하급 지휘자로서 소대

주(小隊主)라는 지위를 갖고 있다.

이들 두 명의 소대주는 담소를 나누고 있는 것처럼 보이지만 사실은 주변을 경계하고 있는 중이었다.

그들에게서 멀지 않은 부속 건물 안에서 지금 중요한 일이 진행되고 있었기 때문이다.

그때 두 청년 고수 중 한 명이 찻잔을 들어 올리다가 멈춘 자세로 가만히 있었다.

그곳에서 그리 멀지 않은 곳에서 다가오고 있는 동료가 전하는 전음을 듣고 있는 중이었다.

지금 이 부속 건물을 중심으로 십여 명의 소대주가 각기 다른 형태로 주변을 경계하고 있었다.

그러므로 누군가 이 건물로 접근한다면 그들에 의해서 즉각 정자에 있는 두 명의 소대주에게 알려지게 되는 것이다.

방금 동료의 전음을 들은 소대주는 즉시 부속 건물의 어느 방 창문을 돌아보며 미미하게 입술을 달싹였다.

그의 전음은 창문 안쪽에 있는 다른 소대주에게 전해지고, 그 소대주는 그 사실을 부속 건물의 지하 석실로 전할 것이다.

저벅저벅.

그때 세 사람이 부속 건물의 모퉁이를 돌아 나와 정자가 있는 쪽으로 걸어오고 있었다.

세 사람 중 복판의 인물은 이곳 건곤부에서 세 번째로 높은 우위령(右位令)의 지위에 있다.

매일 밤에 좌우 위령이 번갈아가면서 건곤부 일대를 한 차례 순찰을 도는데, 오늘은 우위령 차례였다.

우위령 뒤 양쪽에는 삼십대 초반의 두 명의 고수가 호위하듯 따르고 있었으며, 그들은 소대주 바로 위인 중대주(中隊主)의 지위다.

일 개 소대에는 삼십 명의 고수가 있고, 일 개 중대에는 세 개의 소대가 속해 있다.

정자에 있던 두 명의 소대주는 빠른 동작으로 달려와 다가오고 있는 우위령을 향해 공손히 허리를 굽혔다.

"우위령을 뵈옵니다."

우위령은 걸음을 멈추고 두 명의 소대주가 있던 정자를 쳐다보면서 물었다.

"무엇을 하고 있었느냐?"

"네. 며칠 전에 새로 들어온 수하들의 배치 문제로 상의하고 있었습니다."

"음, 그래?"

우위령은 고개를 끄덕이고 나서 주변을 둘러보면서 걸음을 옮겼다.

우위령을 뒤따르는 두 명의 중대주 중 한 명이 소대주들을 지나치면서 쳐다보며 보일 듯 말 듯 고개를 끄덕였다.

사실 조금 전에 우위령의 출현을 알리는 전음을 보내준 사람은 고개를 끄덕인 중대주였다.

이들 두 명의 중대주들도 이곳에 있는 두 명의 소대주와 뜻을 같이하고 있었다.

아니, 건곤부에는 세 명의 중대주와 아홉 명의 소대주들이 있는데, 그들 모두가 하나의 목적을 위해서 단단하게 결속해 있는 상태였다.

우위령과 두 명의 중대주가 시야에서 완전히 사라지고 나서야 두 명의 소대주는 정자로 걸어갔다.

이어서 그중 한 명이 아까 전음을 보냈던 창문을 향해 다시 전음을 보냈다.

"갔다."

부속 건물의 지하 석실 안.

창문 하나 없는 사방이 꽉 막힌 석실 한가운데에는 길쭉한 대리석의 탁자가 놓여 있고, 그 둘레에 열네 명의 청년이 둘러앉아 있었다.

열세 명이 서로 마주 보는 자세고, 탁자의 한쪽 끝에 한 명이 홀로 앉아 있다.

그리고 홀로 앉은 청년의 맞은편은 빈자리였다.

정협맹은 크게 상, 중, 하 세 개의 대조직(大組織)으로 나누어져 있다.

상(上)은 정협맹주와 장로단(長老團)인 이십오맹숙, 그리고 중원삼십육태두다.

이십오맹숙은 정협맹의 두뇌이며 결정 기구이다.

중원삼십육태두는 중원 남칠성북육성 십삼 개 성을 실질적으로 통치하고 있는 절대자들이다.

중(中)은 열 개의 부(府)이며, 군산 정협맹 총단 내에 주둔하고 있다.

일 개 부의 우두머리는 정협맹주가 직접 임명한 부주(府主)고, 그 아래에는 한 명의 대대주(大隊主)와 세 명의 중대주, 아홉 명의 소대주가 있다.

그리고 각 소대에는 삼십 명의 고수들이 있으므로 일 개 부에 이백칠십 명의 고수들이, 십부(十府)를 합치면 이천칠백 명의 고수가 있는 것이다.

각 대의 정식 명칭은 정영대대(正英大隊), 정영중대, 정영소대이고, 그곳에 속한 고수들은 정영고수(正英高手)라고 부른다.

정영고수 한 명은 무림의 일류고수 다섯 명을 한꺼번에 상대해도 능히 이길 수 있는 수준이라고 알려져 있다.

정영고수들은 이른바 정협맹의 최정예인 것이다.

하(下)는 부 아래에 있는 여덟 개의 전(殿)이다.

정협팔전(正俠八殿)이라고 하며, 하나의 전은 천 명의 고수들을 거느리고 있다.

그들을 통칭하여 정협고수라 하며, 각 전의 이름을 따서 부른다. 이를 테면 정협팔전 제일전인 비룡전(飛龍殿) 고수들을 '비룡고수(飛龍高手)' 라 부르는 식이다.

정협고수들은 무림의 일류고수보다 한 수 위의 수준이며, 그들이 정협맹의 거의 모든 명령을 수행하고 있다.

하지만 정협맹은 무림에서 웬만큼 중요한 일이 생기지 않으면 결코 총단에 소속된 정영고수나 정협팔전을 밖으로 내보내지 않는다.

무림에서 도움을 요청해 오면, 지부나 현 본령에서 고수들을 끌어 모아 그들을 보낸다.

천하 남칠성북육성 십삼 개 성에는 정협맹의 지부가 열세 개 있고, 그 아래 현 단위에는 분타 격인 현 본령이 삼천여 개나 있다.

현 본령이 또 적게는 대여섯 개에서 많게는 십오륙 개 정도의 방, 문파들을 거느리고 있으니, 정협맹이 얼마나 거대한지 미루어 짐작할 수 있을 터이다.

지금 이곳 석실에는 정협맹의 십부 소속, 열 명의 대대주가 모두 모여 있었다.

그리고 이십오맹숙 직속 조직인 풍, 운, 광, 정감단의 단주들도 자리를 잡고 있었다.

"모두 모이게 한 이유를 아마 짐작하고 있을 것이오."

그때 혼자 앉아 있는 청년이 좌중을 둘러보면서 입가에 부드러운 미소를 지었다.

그는 산뜻한 백의 단삼을 입고 이마에는 백색 비단 띠를 둘렀으며, 오른쪽 어깨에는 한 자루 고색창연한 보검을 멘 이십 칠팔 세가량의 헌앙한 미남자였다.

그는 정협맹 이천 명 정영고수의 최고 우두머리인 총대주(總隊主)의 신분이었다.

지금처럼 총대주와 열 명의 대주, 그리고 세 명의 정감단주들이 공식적으로 한자리에 모이는 경우는 일 년에 한 번, 새해 원단에 정협맹주가 신년 축사를 할 때뿐이다.

그러나 이들은 지난 삼 년 동안에 걸쳐서 비공식적으로 두 차례 비밀 회합을 가졌었다.

그리고 오늘이 세 번째 모임이다.

만약 이들 열네 명이 한자리에 모인 사실이 정협맹 수뇌부에 알려지면 필경 추궁을 당할 것이다.

물론 정협맹 수뇌부는 이들이 무엇 때문에 비밀리에 모인 것인지에 대해서는 끝까지 알아내지 못할 터이다.

왜냐하면 이들 열네 명, 아니, 현재 출타 중이어서 오늘 모임에 참석하지 못한 정협맹주의 제자 적멸가인을 포함한 열다섯 명은 '발각될 경우에는 자결로써 비밀을 지킨다'라는 피의 맹세를 했기 때문이다.

그렇다.

지금 이들은 반란을 모의하고 있다.

썩을 대로 썩은 정협맹을 더 이상 지켜볼 수가 없어서 정의

감과 의협심에 불타는 이들 젊은 청년 고수 열다섯 명이 주축이 되어 마침내 봉기한 것이다.

총대주 옥검신룡(玉劍神龍) 북궁연(北宮淵)은 깊고 서늘한 시선으로 다시 한차례 중인을 쓸어보며 조용한 어조로 말을 이었다.

"내일 일출을 기점으로 거사를 시작합시다."

그의 말에 모두의 얼굴에 일제히 빛나는 희망과 비장함이 가득 떠올랐다.

"우리의 이번 일 단계 거사가 완성되는 날, 우린 정식으로 정협맹을 접수하는 것이오."

모두 아무 말도 하지 않았지만, 극도의 긴장과 흥분으로 몸이 터질 듯 팽팽해졌고, 두 주먹을 힘껏 움켜쥐는 등 실내는 뜨거운 열기로 가득 찼다.

옥검신룡 북궁연은 조용한 어조로 당부했다.

"명심하시오. 자신이 맡은 사람을 완벽하게 포섭하지 못하는 상황이면 반드시 그를 죽여야만 하오."

그는 평소에 한없이 부드럽고 온화한 사람이다. 오죽하면 그가 화를 내는 것을 본 사람이 한 명도 없겠는가.

북궁연의 당부에 모두들 진중하게 고개를 끄덕여 대답을 대신했다.

"그런데……"

그때 세 명의 정감단주 중 한 명이 북궁연을 보면서 조심스럽게 입을 열었다.

그는 풍정감단주인 유성검 화영이었다.

"말하시오, 화 형."

화영은 말을 꺼내기 어려운 듯 조금 주저하다가 이윽고 말문을 열었다.

"무적방을 치러 간 한 소저 때문이오."

북궁연은 약간 의아한 표정을 지어 보였다.

"정 매에게 무슨 일이 생겼소?"

두 사람이 말하는 사람은 적멸가인 한정이었다.

북궁연과 적멸가인은 자타가 공인하는 연인 관계다.

그렇다고 적멸가인이 북궁연을 좋아한다고 드러내 놓고 표현한 적은 없었다.

다만 북궁연과 그녀가 단둘이 함께 있는 모습이 가끔씩 사람들 눈에 띄었고, 북궁연의 적극적인 애정 공세를 그녀가 그다지 싫어하는 것 같지 않아서 모두들 두 사람이 연인 사이인 것 같다고 짐작하게 된 것이다.

모두 알다시피 적멸가인은 성격이 얼음장보다 더 차갑고, 과묵한 남자보다 더 말이 없는 편이며, 언제나 무심하기 짝이 없는 얼굴이다.

그렇지만 그녀에게도 예외적인 사람이 있는데, 바로 사부인 무적검절 태무천과 북궁연, 화영 세 사람이 바로 그들이다.

태무천에게는 제자로서의 예의 때문에 그런다고 치면, 적
멸가인이 이따금 담소를 나누고 엷은 미소라도 내비치는 사
람은 북궁연과 화영 두 사람뿐이라고 할 수 있었다.

그러나 적멸가인과 함께 있는 모습이 자주 눈에 띄는 사람
은 북궁연이고, 그래서 사람들은 두 사람을 자연스럽게 연인
으로 인정하고 있는 분위기였다.

"그게 아니라… 혈풍신옥 무가내라는 인물이 결코 만만하
지가 않아서……."

그제야 북궁연은 화영이 적멸가인을 염려하고 있다는 것
을 깨닫고 빙그레 미소를 지었다.

"들려오는 소문이나 본 맹이 수집한 정보에 따르면 혈풍신
옥이라는 자는 무서운 절정고수임이 분명하오."

북궁연은 결코 상대의 말을 일축하거나 가볍게 여기지 않
는 좋은 습관을 갖고 있다.

"일전에 화 형이 정감단 고수 이십 명을 이끌고 천중검협
과 함께 혈풍신옥을 상대하러 갔던 것은 너무 성급했소."

그 결정은 정협맹 이십오맹숙 장로회의에서 내렸던 것이
다.

북궁연은 은근히 그 결정을 비판하고 있었다.

"혈풍신옥이라는 자에 대해서 사전에 더욱 치밀한 조사가
선행된 연후에 그에 합당한 조치를 취했어야 옳았소."

그는 빙그레 미소를 지었다.

"하지만 이번에는 다를 것이오. 정 매와 은비전검 하 대협, 그리고 본 맹의 정영고수 구십 명이 이끄는 세력이 자그마치 오천이오."

그는 미소로써 화영을 안심시키려는 듯 좀 더 환한 미소를 지어 보였다.

"만약 내기를 한다면, 나는 혈풍신옥과 무적방이 전멸할 것이라는 쪽에 걸겠소."

북궁연의 말은 설득력이 넘치고도 남았다.

당금 무림에서 혈풍신옥 무가내라는 이름은 꽤나 유명해져 있는 상태였다.

하지만 그렇다고 해서 그가 적멸가인과 은비전검, 구십 명의 정영고수가 이끄는 자그마치 오천여 고수들 수중에서 살아남을 것이라고는 아무도 생각하지 않았다.

화영은 그날, 항주성 황룡표국에서 자신이 겪었던 일이 불현듯 떠올랐다.

형체를 알아볼 수 없을 정도로 고깃덩어리가 돼서 죽은 천중검협과 변변하게 대항조차 하지 못한 채 순식간에 죽임을 당한 풍정감단 이십 명의 수하들의 처참한 모습이 바로 조금 전에 있었던 일처럼 너무도 생생했다.

그 당시 화영은 무가내에게 형편없이 당하고 목숨을 동정받아 겨우 살아서 돌아왔었다.

아니, 몸뚱이는 살았으되 그의 높은 기상과 자존심은 그날 죽어서 황룡표국에 묻혀 버렸다.

그 치욕은 죽을 때까지도, 아니, 죽어서 무덤에 묻힌다고 해도 절대로 잊지 못할 것이다.

북궁연은 화영이 안심을 하지 못하는 것 같다고 여겨 다시 부드럽게 말문을 열었다.

"화 형, 다른 것은 다 제쳐 두고서라도 정 매 한 사람만 생각해 봅시다. 그녀와 혈풍신옥이 일대일로 싸운다면 과연 누가 이길 것 같소?"

과연 그의 말은 효과가 있었다. 잠시 북궁연을 쳐다보던 화영이 비로소 고개를 끄덕였다.

"한 소저가 이길 것이오."

화영은 혈풍신옥이 독을 마음대로 사용하고, 천중검협을 피투성이 고깃덩이로 만들어 죽이는 등 절정의 무위를 보인 것은 사실이지만, 적멸가인에게는 안 될 것이라고 판단했다.

무공이든, 두뇌든, 비정함이든, 화영은 이날까지 적멸가인만큼 완벽한 사람을 한 명도 본 적이 없었다.

第五十章
추적자

장천방과 우림원의 멸문, 그리고 청송자, 일검장천 주공 명의 잇따른 죽음 때문에 안휘성 장강 이남 지역이 벌집을 쑤셔놓은 것처럼 발칵 뒤집어졌을 무렵.

무가내와 은예상을 비롯한 무적전사들은 안휘성을 뒤로하고 호북성으로 들어서고 있었다.

무가내의 다음 목적지는 호북성의 무창(武昌)이었다.

냉운월이 정보 수집을 목적으로 접수하여 요마군의 휘하에 둔 항주성의 하오문 금오방이 조사한 바에 따르면, 현재 무창에 별유십오인 중 한 명이 머물고 있다는 것이다.

또한 무창에는 무가내가 꼭 만나야 할 사람이 한 명 있었다.

과거 요선마후의 직속 수하였던 요계십화 중 한 명이다.

그녀는 무창의 오대기루 중 하나인 선화루를 운영하고 있다고 했다.

무가내는 귀연혈창보가 있는 마안산에서 내려온 이후 지금까지 줄곧 배를 타고 이동하고 있는 중이었다.

미리 연락받은 요마군이 마안산에서 발원하여 흐르는 귀지수 중류까지 중간 급 크기의 배 한 척을 몰고 올라와 대기하고 있었다.

무가내의 배에는 은예상과 균현, 오도겸, 그리고 무적전사들과 배를 모는 다섯 명의 요마군 요마전사 등 꼭 필요한 인원만 타고 있었다.

마안산을 내려와 배에 탄 이후 무가내는 하루하고도 한나절 동안을 선실에 틀어박혀서 매두몰신(埋頭沒身) 한 가지 일에만 매달려 있었다.

그는 식사도 하지 않았으며 아무도 들어오지 못하게 한 채 만신군주 오도겸과 단둘이만 있었다.

선실 안은 매캐한 연기와 수증기가 가득했으며, 보통 사람은 숨조차 쉬지 못할 정도의 지독한 악취가 진동했다.

치이이…….

부글부글.

선실 바닥에는 사방을 빙 둘러서 수십 개의 풍로가 놓여 있고, 그 위에서 역시 수십 개의 약탕기가 끓고 있었다.

매캐한 연기와 악취는 약탕기에서 발생하고 있는 것이었다.

오도겸은 수십 개의 풍로 사이를 오가면서 불이 꺼지지 않도록 부지런히 풀무질을 해대고, 약탕기가 졸거나 넘치지는 않는지 끊임없이 확인을 하며, 적당하게 끓거나 존 약탕기에 새로운 약재를 첨가하고 적당량을 퍼내느라 엉덩이에서 비파 소리가 날 지경으로 바빴다.

창과 문을 꼭꼭 닫은데다 수십 개의 풍로가 벌겋게 타고 있어서 실내는 끓는 가마솥에 들어앉은 것처럼 뜨거웠다.

바쁘게 움직이고 있는 오도겸의 온몸에서 땀이 흡사 소나기처럼 후드득 마구 떨어졌다.

무가내는 여러 개를 이어 붙인 탁자 앞에 서서 무언가에 열중하고 있었다.

탁자 위에는 수십 개의 그릇이 놓여 있고, 그 안에는 오도겸이 약탕기에서 계속 달여서 퍼낸 약물이 담겨 있었다.

아니, 그것들은 약물이 아니라 독물, 즉 독액(毒液)이었다.

그러니까 실내에 가득 차 있는 것은 독연기와 독무(毒霧)였다. 그것들은 보통 사람들이 조금만 들이마셔도 치명적이다.

오도겸과 만신군의 이백 명 전사는 항주성 무적방을 떠나 이곳까지 오는 동안 오직 무가내가 일러준 독물과 독초들을 구하는 일에만 전념했었다.

그래서 그동안 수집한 독물과 독초들을 모두 가지고 오도
겸은 무가내와 함께 배에 탔던 것이다.

"도겸, 이리 오게."

그때 무가내가 오도겸을 불렀다.

오도겸은 하던 일을 중지하고 즉시 무가내에게 달려갔다.

"잘 봐."

무가내는 여태 두 손이 보이지 않을 정도로 빠르게 움직이
던 손놀림을 현저하게 늦췄다.

그런데도 오도겸의 눈에는 여전히 빠르게만 보였다.

"이것은 삼보단명혼(三步斷命魂)을 만드는 방법이야."

무림에는 독에 중독되면 일곱 걸음을 떼어놓기 전에 죽는
다는 칠보단혼사(七步斷魂死)라는 독이 있다.

그런데 무가내는 오도겸에게 세 걸음 안에 죽는 삼보단명
혼을 만드는 법을 가르치고 있다.

"봤어?"

무가내는 세 호흡 정도의 짧은 시간에 열세 가지 독액을 어
떤 것은 많이, 또 어떤 것은 조금씩 첨가하고 나서 오도겸을
돌아보았다.

그러나 오도겸은 몹시 죄스러운 표정을 지으며 더듬거렸
다.

"죄송… 합니다. 속하가 우둔… 하여 제대로 못 봤습니
다."

오도겸은 삼보단명혼을 비롯하여 오십여 종류 독의 제조
법을 이미 무가내에게 배웠다.

그러나 책자가 아니라 말로 배운 것이라서 어떤 독액을 정
확하게 얼마나 넣어야 하는지 제대로 알지 못한다.

무적방에 있을 때 무가내는 오도겸 이하 만신전사들을 모
두 대전에 모아놓고 독술에 대해서 열흘에 한차례씩 정기적
으로 가르쳤었다.

하지만 필요한 독초나 독물이 거의 없는 상황이라서 직접
제조법을 가르치지는 못했다.

그나마 만독신군의 독공인 제령독공(制令毒功)을 가르쳐서
연공한 것이 다행이었다.

제령독공은 이름 그대로 독을 마음대로 다루고 제압할 수
있는 공부(工夫)이다.

제령독공을 익히면 웬만한 독에는 중독되지 않을뿐더러
독공이나 독술을 전개하기 위해서 여러 종류의 독을 몸에 지
니고 다니거나 심지어 체내에 비축하고 있어도 아무렇지 않
다.

물론 단계별로 그 효능과 위력이 다르지만, 독을 체내에 비
축하려면 제령독공을 최소한 오성 이상 연공해야만 한다.

칠성에 도달하면 독을 자신의 공력과 합칠 수 있으며, 필요
에 따라서는 장풍이나 무기를 통해서 공력을 발출하여 원하
는 독을 자유자재로 뿜어낼 수도 있다.

만신전사들은 아직 제령독공을 배운 지 얼마 되지 않아서 가장 빠른 성취를 보이고 있는 오도겸과 몇몇 만신전사가 이제 삼성 남짓을 이룬 정도였다.

무가내가 오도겸에게 만신전사들이 모아온 독물, 독초들을 갖고 배에 타라고 한 이유는 독의 제조법과 사용법을 가르치기 위해서였다.

"더 천천히 할 테니까 다시 잘 봐."

무가내는 조용히 말하고 다시 한 번 삼보단명혼을 배합하려다가 오도겸이 극도로 긴장하고 있는 것을 발견하고 빙그레 미소를 지었다.

"도겸, 그렇게 얼어붙어 있으면 어떻게 제대로 보겠나?"

"아… 죄송합니다."

그런데 무가내의 지적과 부드러운 미소가 오히려 오도겸을 더욱 긴장하게 만들었다.

무가내는 어이없다는 표정을 짓더니 들고 있던 국자를 내려놓고 손바닥을 비비면서 옆의 의자에 앉았다.

"도겸, 내가 이야기 하나 해줄까?"

"네? 무슨……."

삼보단명혼을 배합하려다 말고 갑자기 이야기를 해주겠다니, 오도겸은 어리둥절했다.

"내가 오악도에서 네 마물들하고 살고 있을 땐데 말이야."

무가내에 대해서 거의 모르고 있는 오도겸은 오악도니, 네 마물 같은 말을 처음 들었다.

오도겸의 의아한 표정을 발견한 무가내는 씩 웃었다.

"오악도는 동해에 있는 내가 살던 섬이고, 네 마물은 사대 종사를 말하는 거야."

"아……."

오도겸은 신음 같은 탄성을 흘리며 입을 벌렸다. 얼굴에 가득 떠오른 것은 놀라움이었다.

무가내에 대해서 어느 정도 알고 있는 균현이나 냉운월, 석중명, 당경림 등은 아무에게도 그 사실을 말하지 않았다.

그렇다고 은예상이 무적방 전사들과 어울려서 그런 대화를 나눌 리 만무하다.

그러므로 오도겸이 아무리 만신군장이라고 해도 무가내에 대해서 모르기는 무적방의 다른 전사들이나 마찬가지였다.

그런데 지금 무가내가 자신이 살던 오악도와 함께 생활했던 사대종사에 대해서 직접 말을 해주고 있는 것이니 어찌 경악하지 않겠는가.

"세 마물이 염 누나를 몹시 좋아했었거든? 아! 염 누나는 빙염, 요선마후를 가리키는 거야."

이어서 그는 혈검, 소기, 독구가 누구라는 것. 그들이 빙염을 너무 사랑해서 벌였던 괴이하고도 웃지 못할 삽화(揷話:에피소드) 몇 가지를 이야기해 주었다.

무가내가 손짓발짓 섞어가면서 침을 튀겨가며 이야기하자

오도겸은 자신도 모르는 사이에 빠져들어 때론 나직이 소리 내어 웃기도 하고, 때로는 놀라는 표정을 짓기도 했다.

그런데 무가내가 세 마물 중에서 소기와 독구가 빙염에게 어떻게 했었는지에 대해서만 이야기하자 오도겸은 은근히 궁금증이 생겨 조심스럽게 물었다.

"그런데… 삼절마제께선 요선마후께 아무런 애정의 행동도 취하지 않으셨습니까?"

"응."

무가내가 고개를 끄덕였다.

"사실 셋 중에서 혈검이 염 누나를 제일 좋아한다는 사실을 나는 알고 있었거든? 그런데도 사내 녀석이 숫기라곤 참새 눈물만큼도 없어가지고 염 누나한테 입도 벙긋 못했다니까?"

오도겸은 무가내가 삼절마제를 거침없이 '사내 녀석'이라고 칭하자 놀라서 눈을 커다랗게 떴다.

"하하! 그런데 결국은 내가 오악도를 떠나오기 전에 혈검과 염 누나를 짝지어줬어."

무가내는 그 생각을 하면서 빙그레 미소 지었다.

"혈검이 무뚝뚝하고 멋대가리가 없기는 하지만, 염 누나에겐 잘해줄 거야."

그는 무슨 생각을 하는지 히죽 웃었다.

"사실 나는 염 누나 자궁에서 내공을 뽑아낼 다른 방법이 있었는데 일부러 그 둘을 엮어주려고 꼼수를 부렸던 거였어."

오도겸은 의아한 표정을 지었다.

"자궁에서 내공을 뽑다니… 무슨 말씀이십니까?"

"어? 내가 그 얘긴 안 했나? 하하하! 아무것도 아냐. 아무튼 그런 일이 있었어!"

무가내는 손을 저으면서 명랑하게 웃었다.

그렇다. 사실 그는 빙염의 자궁에서 일 갑자 내공을 뽑아내기 위해서 그녀의 순결을 건드리려는 생각은 추호도 없었다.

또한 굳이 빙염에게 지독한 춘약인 최정분음분을 사용하지 않았어도 그녀의 자궁에 축적된 내공을 뽑아먹을 방법이 한 가지 있었다.

그런데도 빙염에게 춘약을 사용했던 것은 혈검이 소기나 독구보다 더 진심으로 빙염을 좋아하고 있다는 사실을 알고 있었기 때문이다.

무가내 자신이 오악도를 떠나고 나면 쓸쓸해할 빙염을 혈검이 곁에서 잘 보살펴 주기를 원했던 것이다.

"자, 다시 해볼까?"

무가내는 일어나 탁자 앞에 서서 국자를 집어 들며 싱긋 미소 지었다.

무가내의 얘기에 흠뻑 빠져 있던 오도겸은 자신이 지금 독 제조법을 배우고 있던 중이라는 사실을 퍼뜩 깨닫고 가볍게 당황했다.

그런데 아까와는 달리 긴장감이 조금도 느껴지지 않았다.

그제야 그는 무가내가 뜬금없이 몇 가지 삽화를 들려준 이유가 자신의 긴장감을 풀어주기 위해서였다는 사실을 깨닫고 고마운 마음을 금하지 못했다.

아까 만약 무가내가 제대로 못한다고 호통을 쳤더라면 오도겸은 긴장을 한데다 겁을 잔뜩 집어먹기까지 하여 독의 제조법은커녕 그 자리에 서 있는 것조차 힘들었을 터이다.

그러나 무가내가 자신의 오악도 생활을 마치 벗에게 하듯 허심탄회하게 이야기해 주는 바람에 오도겸은 긴장감이 눈 녹듯이 사라졌을 뿐만 아니라, 그로 인해서 무가내에 대한 존경심이 한층 두터워졌다.

그로부터 반나절 동안 무가내는 오십 종류 독의 제조법에 대해서 차근차근 설명하면서 시범을 보였고, 오도겸은 하나도 놓치지 않고 모두 배우게 되었다.

그리고 오도겸은 무가내에게서 기대하지도 않았던 커다란 선물 하나를 받았다.

무가내가 독 제조법을 가르쳐 준 후에 오도겸의 임독양맥을 소통시켜 준 것이었다.

그로써 오도겸은 칠십 년 공력이 한순간에 이 갑자 이십 년, 백사십 년 수준으로 급증했다.

*　　　*　　　*

자정이 조금 넘은 밤.

"틀림없어요. 확인해 볼 것도 없이 이것 역시 혈풍신옥 그 자의 소행이에요."

높은 담 위에 우뚝 선 적멸가인은 살아 있는 사람은 한 명도 없는 을씨년스럽기 짝이 없는 장천방 안을 바라보면서 눈을 좁히며 차갑게 말했다.

담 위에는 적멸가인과 은비전검 하승인이 나란히 서 있고, 그들 양쪽에 세 명의 청년 고수가 호위하듯 서 있었다.

세 명의 청년 고수는 정협맹 중대주로서 각기 삼십 명씩의 정영고수들을 이끌고 있다.

은비전검 하승인은 희고 긴 수염을 밤바람에 날리면서 무거운 어조로 중얼거렸다.

"그런 것 같군."

만약 이곳에 오기 전에 어떤 사실을 확인하지 않았더라면, 하승인은 장천방의 전멸이 무가내와 무적방의 소행이라고 지금처럼 즉시 단정을 내리지는 못했을 것이다.

이들은 무가내를 추적하는 중에 황산 우림원과 동릉현의 장천방이 몰살을 당했다는 소문을 들었다.

마침 황산으로 들어서고 있던 중이라서 그 길로 우림원으로 갔고, 그곳에서 몇 가지 놀라운 사실들을 발견하고 또 확인할 수 있었다.

적멸가인 일행이 우림원에 당도했을 때에는 근처 도가의

도사들이 소문을 듣고 찾아와서 시체들을 수습, 한창 장례 준비를 하고 있는 중이었다.

은비전검 하승인은 즉시 도사들의 일손을 중지시키고 시체들을 한 구씩 세밀히 살피기 시작했다.

그가 제일 먼저 발견한 것은 우림원 도사들의 시체가 대부분 목이나 몸뚱이, 혹은 팔다리가 잘려서 죽었다는 사실이었다.

그리고 경륜이 풍부한 그는 곧 도사들의 몸을 단칼에 자른 수법을 알아보았다.

그 수법은 세 종류였으며, 참마인이 가장 많이 사용됐고, 그다음이 월영쾌, 요마탈혼 순서였다.

참마인은 삼절마제, 월영쾌는 구주사황, 요마탈혼은 요선마후의 성명검법이다.

하승인은 우림원 내에서 도사들을 죽인 자들이 사오십 명 정도일 것이라고 추측했다.

수법은 참마인과 월영쾌, 요마탈혼 세 종류지만, 솜씨가 제각기 달랐기 때문이다.

무림에 삼대종사의 성명검법을 능숙하게 사용하는 인물들이 사오십 명씩이나 떼 지어서 몰려다닌다는 사실에 하승인은 적잖이 놀랐다.

더구나 그들이 우림원을 몰살시키기까지 했다는 사실 때문에 충격이 더 컸다.

그러나 더 큰 충격이 그를 기다리고 있었다.

가슴과 복부가 터져서 즉사한 청송자의 시체를 발견했기 때문이다.

하승인은 청송자가 우림원을 몰살시킨 사오십 명이 아닌, 또 다른 자에게 당했다는 사실을 밝혀냈다.

그자는 우림원을 몰살시킨 무리의 우두머리가 분명했다.

왜냐하면 청송자를 죽인 수법이 마도 최고 절학인 천마신위강이기 때문이었다.

과거 천마신위강은 오직 대마종만 펼칠 수 있었다.

사대종사조차도 천마신위강은 펼치지 못했다.

아니, 그들이 천마신위강을 배웠다고 해도 펼칠 수가 없었다. 그것이 율법이다.

왜냐하면 천마신위강은 대마종 한 사람만의 신성불가침한 절학이기 때문이었다.

그런데 하승인은 우림원에서 천마신위강에 처참하게 죽은 청송자의 시체를 발견했다.

결코 잘못 본 것이 아니었다. 몇 번을 세심하게 살펴봐도 천마신위강이 분명했다.

그때 우림원을 살피던 적멸가인이 하나의 자루를 가져와서 하승인 앞에 쏟아놓았다.

바닥에 수북이 쌓인 것은 수십 조각의 육편들이었다.

하승인과 적멸가인은 오랜 시간을 들여서 육편들을 차례

대로 꿰어 맞추었다.

뒤이어 두 사람은 그것이 저 유명한 도현삼진의 둘째인 무현 진인의 시신이라는 사실을 알아보았다.

두 사람의 놀라움은 이만저만한 것이 아니었다.

무현 진인은 뭐라고 설명하기 어려울 만큼 진명유림의 위대한 거목 중의 거목이었다.

무현 진인과 하승인은 같은 정협맹에 속해 있고, 또 중원삼십육태두라서 겨루어볼 기회가 없었다.

하지만 하승인은 그가 자신보다 반 수쯤 고강할 것이라고 줄곧 생각해 왔었다.

그런 무현 진인이 죽었다. 그것도 온몸이 처참하게 수십 조각으로 쪼개져서 말이다.

하승인은 좀 더 세심하게 무현 진인의 시신을 살펴본 결과 그가 네 종류의 수법에 당했다는 사실을 알아냈다.

네 종류의 수법은 다름 아닌 사대종사의 성명무공이었다.

무현 진인은 삼절마제의 참마인에 왼쪽 눈을 잃었고, 구주사황의 월영쾌에 왼쪽 어깨가 잘려졌으며, 만독신군의 청살혈독장에 왼쪽 무릎이 녹아버렸고, 마지막으로 요선마후의 요마사십팔절이 그의 온몸을 사십팔 조각으로 잘라 버린 것이었다.

그 상황에서 하승인과 적멸가인은 두 가지 가능성을 생각할 수 있었다.

이십 년 전에 사라져서 죽은 것으로 알려진 대마종이 현세에 다시 출현한 것인가?

아니면 제이의 대마종, 즉 대마종의 제자가 출현한 것인가?

고심 끝에 결국 두 사람은 결론을 내렸다.

여태까지의 여러 정황으로 미루어봤을 때, 우림원에서 무현 진인과 청송자를 죽인 인물은 대마종이 아니라 그의 제자일 가능성이 높았다.

하승인과 적멸가인은 우림원이 있는 황산 근처까지 혈풍신옥을 추적해 왔었다.

그리고 혈풍신옥의 흔적이 정확하게 우림원에서 멈추어져 있는 것을 확인했다.

고로, 두 사람은 혈풍신옥이 대마종의 제자일 것이라고 단정을 내리는 데 더 이상 주저할 필요가 없었다.

두 사람은 우림원의 멸문을 조사한 자신들의 소견을 적은 서찰을 급히 군산 정협맹 총단으로 보내고 서둘러서 동릉현 장천방으로 출발했다.

그러면서 장천방을 전멸시킨 것이 혈풍신옥과 무적방이며, 장천방주인 일검장천 주공명의 죽음도 혈풍신옥의 소행일 것이라고 예상을 했었다.

"들어가 보도록 해요. 제 눈으로 일검장천의 시신을 직접 확인해야겠어요."

휘익!

적멸가인이 발끝으로 가볍게 담 위를 박차고 장천방 안으로 일직선을 그으며 밤하늘을 갈랐다.

그 뒤를 하승인과 세 명의 중대주가 따랐다.

*　　　*　　　*

장강의 상류를 향해 미끄러지듯이 항해하고 있는 무가내의 배에서 제일 바쁜 사람은 역시나 균현이었다.

하오문인 금오방의 전서구들이 중요한 내용을 담아 반 시진 간격으로 배에 날아들고 있었다.

균현은 웬만한 것들은 자신의 선에서 결정을 내렸고, 중요한 사안은 무가내에게 보고한 후에 그의 결정을 다시 전서구로 날려 보내기를 반복했다.

금오방이 전해오는 정보들은 여러 종류였다.

무가내가 죽이러 가는 인물이 무창에서 무엇을 하고 누굴 만나는지에 대한 동향.

요계십화의 일인이며 선화루주에 대한 정보와 동향.

귀연혈창보를 비롯한 안휘성 장강 이남 지역에 있는 네 개 방, 문파들을 한데 모아서 무공을 가르칠 만한 은밀한 장소를 물색하고 있는 것에 대한 보고.

정협맹에서 무가내와 무적방을 토벌하려고 보낸 적멸가인

과 하승인, 그리고 오천 고수에 대한 정보 등이 그것이었다.

그것들 중에서 어느 하나 중요하지 않은 것이 없었다.

무가내는 이틀 전 밤 귀연혈창보에서 균현과 대화를 나눈 결과 귀연혈창보뿐만 아니라 천하의 사독요마를 모조리 끌어모아야겠다는 결정을 내렸었다.

그래서 귀연혈창보와 안휘성 장강 이남 지역에 흩어져 있는 세 개 방, 문파들을 한데 모으는 것을 첫 시작으로 삼았다.

그들 네 개 방, 문파의 인원을 모두 합쳐 봐야 천 명 남짓이지만, 앞으로 더 많은 방, 문파들과 사독요마 고수들을 모으려면 꽤 넓은 장소가 필요하다.

그래서 요마군 전사들 백여 명이 은밀하고도 넓은 장소를 찾아내기 위해서 동분서주하고 있는 중이었다.

독을 제조하느라 선실에서 거의 이틀 동안 갇혀 있다가 오랜만에 바깥바람을 쐬게 된 무가내는 배의 꼭대기에 지어진 누각에서 한판 근사하게 술자리를 벌여놓고 있었다.

누각에는 실과 바늘 사이인 무가내와 은예상, 그리고 자미룡과 강조, 석중명, 당경림, 기개세 등이 둥글게 빙 둘러앉아 큰 소리로 웃고 떠드느라 시끌벅적했다.

석중명과 당경림은 꽤 오랜만에 무가내와 술자리를 같이 하는 터라서 감회가 남달랐다.

그렇지만 무가내 앞이라고 해서 어색해하거나 주눅이 들

지는 않았다.

오히려 오랫동안 헤어져 있던 친구를 만난 듯 연신 즐겁게 웃음을 터뜨렸다.

귀연혈창보에서 치른 비무대회에서 무적전사들의 서열이 확실하게 매겨졌다.

강조가 무적이전사, 자미룡이 무적삼전사, 예상외로 기개세가 무적사전사가 됐다.

그리고 황룡표국의 우표두였던 당경림은 무적사십칠전사, 석중명은 안타깝게도 오십오 명 중에 꼴찌인 무적오십오전사로 정해졌다.

무가내를 포함한 오십오 명의 무적전사 중에서 석중명이 제일 약했다.

무가내가 그의 임독양맥을 소통시켜 주었는 데도 불구하고 내공이 일 갑자밖에 되지 않으니 어쩔 도리가 없었다.

무적전사들의 평균 내공은 백십 년 수준인데 석중명은 그것에 훨씬 못 미쳤다.

그러니 그가 무적전사에서 떨려 나가지 않고 붙어 있는 것만으로도 다행이라고 여겨야 할 터이다.

얼마 전까지만 해도 황룡표국의 하쟁자수였던 그였으니 오히려 지금의 성취는 대단한 것이라 할 수 있었다.

언제나 그렇듯이 무가내가 낀 술자리는 상하의 격의가 없이 화기애애하고 재미있다.

그때 전서구 때문에 눈코 뜰 새 없이 바쁜 균현이 누각으로 뻗은 계단을 올라왔다.

"어이~ 균현! 자네도 이리 앉게!"

거나하게 취해서 얼굴이 벌겋게 달아오른 무가내가 균현을 손짓으로 불렀다.

균현은 정중히 허리를 굽혔다.

"주군, 긴히 드릴 말씀이 있습니다."

균현은 중요하지 않은 일로 무가내의 주흥을 방해할 사람이 아니다.

그러므로 무가내는 아무리 주흥이 도도한 분위기라고 해도 즉시 일어나 균현을 따라 선실로 향했고, 은예상이 총총히 뒤를 따랐다.

第五十一章

그림자

"찾았어?"

무가내는 눈을 크게 뜨고 호흡을 딱 멈추면서 물었다.

평소 아무리 충격적인 일에 직면해도 외눈 하나 까딱하지 않았던 그가 지금은 얼굴에 가볍지 않은 놀라움과 긴장을 떠올리고 있었다.

"네, 찾았습니다."

균현은 공손하게 무가내의 물음에 답했다.

그는 손바닥에 올려놓고 있는 핏빛의 용, 즉 혈룡패를 들어올려 굽어보면서 진중하게 말을 이었다.

"이 혈룡패는 천산(天山)의 깊은 곳에서만 극소량이 생산

되는 몹시 귀한 혈운강옥(血雲鋼玉)으로 만들어졌기 때문에 결코 흔하지 않은 물건입니다. 그래서 혈룡패를 만든 곳을 찾아내는 것이 그다지 어렵지 않았습니다.”

무가내의 표정은 약간의 시간이 흘렀어도 변하지 않았다.

은예상은 커다란 두 눈을 더욱 크게 뜨고 극도로 긴장하여 균현을 뚫어지게 바라보고 있었다.

“결론만 말씀드리겠습니다.”

평소에 말장난이나 서론을 늘어놓는 것을 즐겨하지 않는 균현은 혈룡패를 공손히 두 손으로 무가내에게 내밀면서 설명하기 시작했다.

“지금으로부터 십구 년 전에 하남성 낙양(洛陽) 영선당(營繕堂)이라는 곳에서 혈운강옥으로 혈룡패를, 북해(北海)에서 생산되는 벽취옥(碧翠玉)으로 취봉패를, 즉 할비용봉패 한 쌍을 만들었다고 합니다.”

설명을 듣고 있는 동안 놀랐던 무가내의 표정이 자욱한 긴장감으로 가라앉았다.

거나하게 취했던 술은 이미 다 깬 상태였다.

이런 상황에서 보통 사람들 같으면 급한 마음에 누가 할비용봉패를 만들어 달라고 했느냐. 혹은 그 사람은 어디에 사는 누구냐는 것들을 물을 텐데도 무가내는 입을 굳게 다문 채 균현의 다음 말을 기다렸다.

균현은 무가내의 인내심에 적이 감탄하면서 조용히 입을

열었다.

"십구 년 전에 낙양 근교 선양현(宣陽縣)의 단(鄲)씨 성의 여자 분이 혈운강옥과 벽취옥을 영선당에 가져와서 할비용봉패를 만들어 달라고 주문을 하셨다고 합니다."

"단씨……."

무가내는 나직하게 중얼거렸다.

균현은 긴장된 표정의 무가내 얼굴을 살피면서 조심스럽게 덧붙였다.

"속하의 소견으로는 그분이 대부인(大婦人)이실 가능성이 큽니다."

대부인은 무가내의 모친을 가리키는 호칭이다.

균현의 말은 무가내와 은예상의 짐작과 일치했다.

혈운강옥과 벽취옥을 맡기고 할비용봉패를 만들어 달라고 했다면, 그녀가 무가내의 모친일 가능성이 컸다.

균현은 입을 다물고 무가내의 말을, 아니, 명령을 기다렸다.

무가내가 무창에 들르지 않고 곧장 배를 몰아 선양현으로 가겠다고 결심하면 균현 이하 모두는 그대로 따를 것이다.

주군이 얼굴도 모르는 모친을 만나러 가겠다고 하면 모두들 쌍수를 들어 환영할 터이다.

그러나 균현은 반 각 이상을 기다렸는데도 무가내의 명령을 듣지 못했다.

무가내는 의자에 꼿꼿하게 앉아서 맞은편 벽면만 뚫어지게 주시하고 있었다.

일각이 다 되어갈 즈음에 은예상이 균현에게 미소를 지어 보이며 말했다.

"수고하셨어요, 균 연숙(緣叔)."

은예상은 언제부터인가 균현을 아저씨라는 친근한 뜻의 '연숙' 이라고 불렀다.

균현은 무가내가 자신에게 '균현' 이라고 이름을, 그리고 은예상이 '균 연숙' 이라고 부르는 것을 속으로 몹시 좋아했다.

그렇게 부르면 두 사람이 남처럼 여겨지지 않고 가족 같았기 때문이다.

무적방 내에서 무가내의 마음을 가장 잘 헤아리는 사람은 은예상이다.

그녀가 균현에게 수고했다면서 그만 나가보라는 뜻으로 말했다면 무가내의 뜻도 그러할 터이다.

균현은 돌덩이처럼 단단하게 굳어 있는 무가내의 얼굴을 한 번 쳐다보고는 공손히 허리를 굽힌 후 방을 나섰다.

*　　　*　　　*

적멸가인의 추적술은 실로 대단했다.

그녀는 무가내 일행이 귀연혈창보를 떠난 지 정확하게 이틀 만에 귀연혈창보에 도착했다.

적멸가인은 딱히 누구에게 추적술이나 미행술 같은 것을 배운 적이 없었다.

그리고 추적이라는 것을 많이 해보지도 않았다.

단지 그녀는 혈풍신옥을 추적하는 데 전력을 다 기울이고 있을 뿐이었다.

만약 무가내가 몇몇 측근들끼리만 이동을 한다면 적멸가인은 추적에 애를 먹었을 것이다.

하지만 우림원 공격 때부터 무가내는 무적군과 혈검군을 이끌고 다녔다.

또한 귀연혈창보에서는 비무대회를 하느라 무적방 이천 명을 모두 데리고 갔었다.

그러니 도처에 흔적이 남았고, 적멸가인은 그 흔적을 따라 귀연혈창보까지 온 것이다.

하지만 귀연혈창보에는 아무도 없었다.

혈풍신옥이나 무적방 고수들은커녕 귀연혈창보 고수들조차 보이지 않았다.

다만 보 내의 제일 넓은 마당에 다섯 개의 비무대가 덩그러니 놓여 있을 뿐이었다.

적멸가인은 많은 인원이 귀연혈창보를 떠난 흔적을 발견하고 그것을 쫓아 다시 마안산을 내려갔다.

하지만 그녀는 산 아래에서 발길이 묶이고 말았다.

그곳에서 수많은 인원이 최소한 십여 방향 이상으로 뿔뿔이 흩어진 흔적을 발견했기 때문이다.

그녀는 난감했다.

그녀의 목표는 혈풍신옥인데, 대체 그가 어느 방향으로 갔는지 종잡을 수가 없었다.

그렇지만 그녀는 서두르지 않고 그곳에서 갈라진 십여 개의 흔적들을 하나씩 차근차근 살폈다.

은비전검 하승인과 세 명의 중대주도 흔적을 살폈지만 그들은 적멸가인의 절반에도 못 미치는 추적 능력을 지니고 있어서 별 도움이 되지 못했다.

그때 적멸가인은 무언가 육중한 물체가 강가의 풀을 눌러 깊은 흔적을 남긴 것을 발견했다.

'배다!'

순간 그녀는 그것이 배에서 땅으로 내린 발판이 닿았던 흔적임을 즉시 간파했다.

"혈풍신옥은 배를 타고 이동했어요."

이어서 그녀는 그렇게 단정을 내렸다.

수많은 인원이 십여 갈래 이상의 방향으로 흩어졌는데, 배는 단 한 척만이 강가에 정박을 했다가 떠났다.

그렇다면 그 배에 혈풍신옥이 탔을 가능성이 매우 높았다.

하승인은 적멸가인의 판단을 전적으로 신임했다.

그녀의 능력을 잘 알고 있기 때문이고, 이곳까지 추적해 오
는 데에 그녀가 없었으면 불가능했기 때문이다.

적멸가인은 다시 추리했다.

'이 강 귀지수는 북상하여 장강과 합류한다. 그런데 혈풍
신옥은 동릉현에서 이백여 리 장강을 거슬러 올라 이곳 귀연
혈창보까지 왔다가 다시 떠났다.'

그녀는 강가에 우뚝 서서 귀지수 하류 쪽을 쏘아보며 생각
을 정리했다.

'놈은 항주성 무적방을 출발하여 줄곧 북서쪽으로 이동해
왔다. 그러니 계속 장강 상류, 즉 북서쪽으로 갔을 것이다.'

마침내 그녀는 결론을 내렸다.

"놈은 장강 상류로 갔어요."

그녀의 몇몇 습관 중에 하나는, '어쨌을 것이다' 라는 추측
이 아니라 단정적인 말을 한다는 사실이다.

"가세."

마음이 급한 하승인이 먼저 귀지수 하류 쪽으로 나는 듯이
쏘아갔다.

"하 대협, 그 방향이 아니에요."

적멸가인의 제지에 쏘아가던 하승인이 급히 멈추고 의아
한 얼굴로 뒤돌아보았다.

혈풍신옥이 장강 상류로 향했다면, 귀지수를 따라 내려가
서 장강과 합류하는 지점에서 장강을 따라 상류로 추적을 하

는 것이 당연하다.

그런데 적멸가인은 그 방향이 아니라고 말하는 것이다.

적멸가인은 강 건너 북서쪽을 가리켰다.

"저리 가야 질러갈 수 있어요."

"그렇군."

하승인은 마음이 급한 나머지 간단한 이치마저 망각한 탓에 실소를 머금었다.

이곳에서 귀지수가 장강과 합류하는 지점까지의 거리는 대략 이백오십여 리고, 그곳에서 다시 남서쪽으로 확 굽어진 장강 상류를 따라 삼백여 리를 더 가야 장강 강가의 현인 동류현(東流縣)이라는 곳에 도착하게 될 것이다.

그러나 이곳에서 산을 가로질러 곧장 북서쪽으로 가면 이백오십여 리 거리에 동류현이 있다.

하승인이 가려고 했던 것보다 무려 삼백여 리나 단축시킬 수 있는 지름길인 것이다.

하승인과 세 명의 중대주가 쳐다보자 적멸가인은 이미 강 한복판의 수면 위를 나는 듯이 쏘아가고 있었다.

그녀는 이곳까지 오는 동안에도 내내 선두를 달렸었다. 그만큼 혈풍신옥을 잡고 싶기 때문이었다.

삼십여 장 정도의 꽤 넓은 강폭이었지만 적멸가인은 마치 평지처럼 달려 순식간에 강을 건넜다.

                    *   *   *

무가내는 소리없이 상체를 일으켰다.

아니, 일으켰는가 싶은 순간 어느새 방을 빠져나가 방문을 닫고 있었다.

무가내에게 안겨서 잠들었던 은예상은 그가 없는데도 그가 누웠던 쪽을 향해 웅크린 채 깊이 잠들어 있었다.

그는 방금 전에 또 무엇인가를 느꼈다.

지난번 귀연혈창보에서 느꼈던 것과 비슷한 미약한 바람소리 같은 것이었다.

똑같은 느낌을 두 번이나 감지했다는 것은, 그것이 결코 우연이 아니라는 사실이다.

한 번은 그럴 수 있지만 똑같은 우연이 두 번이나 반복될 확률은 그리 높지 않은 법이다.

무가내는 잠에서 깨어 침상에 누운 채 공력을 극대화시켰다가 잠시 후에 다시 한 번 그 느낌을 감지했었다.

아니, 느낌이 아니라 분명한 파공음이었다.

만약 그 소리를 낸 것이 사람이라면, 아마도 무가내가 무림에 출도한 이후 최초로 만나는 절세고수일 듯했다.

슈웃!

그는 바닥에서 둥실 허공으로 떠오르며 재빨리 주위를 휘둘러보았다.

지금 그가 타고 있는 배는 강 한복판에 닻을 내린 채 정박해 있는 중이었다.

예기치 않은 위험을 최소화하려면 육지보다는 강 한복판이 나을 것이라는 것이 균현의 생각이었다.

배는 그다지 크지 않았다. 길이가 십 장에 폭이 삼 장 반.

순식간에 허공으로 오 장이나 솟구친 그의 눈에 배와 주변의 경관이 한눈에 들어왔다.

그렇지만 배와 짙은 어둠이 가라앉아 있는 강물뿐이었다.

"……!"

아니었다.

무가내는 흐릿한 조각달 달빛으로 인해서 잔잔한 강물에 드리워진 배의 그림자를 보았다.

그리고 그곳 선실 뒤에서 한 사람이 등을 선실 벽에 붙이고 움직이지 않은 채 서 있는 그림자를 발견했다.

그가 두 번이나 감지했던 느낌은 미약한 바람 소리가 아니라 사람이었다는 사실이 드러나는 순간이다.

무가내는 허공중에서 곧장 그림자의 머리 위를 향해 수평으로 소리없이 쏘아갔다.

일말의 기척도 없으므로 그림자가 그를 발견하는 것은 거의 불가능했다.

하지만 무가내가 그쪽 방향으로 움직이자마자 그림자가 유령처럼 강을 향해 쏘아갔다.

문득 무가내는 자신의 그림자가 강에 드리워져 있는 것을 발견했다.

그가 괴한을 그림자로 찾아냈듯이, 괴한 역시 무가내를 그림자로 발견한 것이었다.

무가내가 괴한이 숨어 있던 선실 위쪽 상공에 이르렀을 때, 괴한은 이미 칠팔 장 밖 강 위를 한줄기 바람처럼 쏘아가고 있었다.

괴한은 보통의 체구에 흑삼을 입고 어깨에는 한 자루 검을 멘 모습이었다.

밤에 흑삼을 입고 있는데다 검측측한 강물 위를 쏘아가고 있어서 웬만한 고수라고 해도 그를 식별하는 것은 어려울 듯했다.

무가내는 씩 엷은 미소를 머금었다.

일단 상대를 발견한 이상 절대로 놓치지 않을 자신이 있기 때문이었다.

그는 한 모금의 숨을 들이마시면서 섬신비의 초상승 경공인 섬광비류행을 전개했다.

순간 일말의 기척도 없이 그는 순식간에 괴한의 이삼 장 뒤 허공에 이르렀다.

너무도 빨라서 마치 그의 모습이 찰나지간에 사라졌다가 괴한의 바로 뒤에서 다시 나타난 듯했다.

무가내는 거의 빛과 같은 속도로 괴한을 향해 비스듬히 내리꽂히면서 오른손을 뻗었다.

괴한을 제압하기 위해서 마영신지를 발출하려는 의도였
다.

이제 손가락에서 지풍을 발출하기만 하면 되는 순간,

쐐애액!

그다지 크지는 않지만, 날카롭기 짝이 없는 음향이 무가내
의 등 뒤에서 터져 나왔다.

순간 무가내는 움찔 가볍게 놀랐다.

그 음향이 들려오자마자 순식간에 자신의 등 뒤에 도달했
다는 사실을 깨달았기 때문이다.

지금 상황에서 그가 발아래에 있는 괴한에게 마영신지를
발출한다면 그를 제압할 수 있을 것이다.

하지만 그렇게 되면 바로 등 뒤까지 쇄도한 그 무엇에 적중
되고 말 터이다.

결국 그는 발아래에 있는 괴한을 포기했다.

그는 즉시 몸을 새털보다 더 가볍게 하여 순식간에 허공으
로 일 장가량 솟구쳐 오르면서 재빨리 뒤돌아보았다.

검은색과 흰색이 꼬아져서 하나의 빛줄기를 이룬 채 쏘아
온 한줄기 지풍이 막 그의 발아래로 스쳐 가고 있었다.

그리고 강 복판에 떠 있는 배 너머로 한 명의 흑삼인이 강
가를 향해 몹시 빠른 속도로 쏘아가고 있는 모습이 보였다.

거리는 삼십여 장가량. 뒤쫓기에는 먼 거리였다.

그자는 무가내를 향해 지풍을 발출하자마자 몸을 돌려 도주한 것이 분명했다.

지풍은 최소한 오 장 이내의 거리에서 발출했을 텐데, 무가내가 지풍을 피하고 쳐다본 그 짧은 시간에 이십오륙 장이나 쏘아가다니, 대단한, 아니, 굉장한 경공이었다.

'아차!'

무가내는 자신이 처음에 쫓던 흑삼인을 급히 뒤돌아보았다.

지풍을 발출하고 도주한 흑삼인이 최초의 흑삼인을 구하기 위해서 무가내에게 지풍을 쏘아낸 것이라는 사실을 깨달았기 때문이다.

아니나 다를까. 처음의 흑삼인은 이미 강가에 도착하여 막 숲 속으로 스며들고 있었다.

그러나 이 정도에서 포기할 무가내가 아니다.

그는 숨을 길게 들이마시면서 공력을 극한으로 끌어올려 섬신비 섬광비류행을 전개했다.

고오오—

다음 순간 그의 모습이 아지랑이처럼 일렁거리는가 싶더니 어느새 강가의 숲 어귀에 당도했다.

슈웃!

그는 번갯불처럼 내리꽂히면서 숲 속으로 쏘아들었다.

그러나 그는 곧 숲 바닥에 내려설 수밖에 없었다.

흑삼인을 놓친 것이다.

숲 어디에서도 흑삼인의 모습은 보이지 않았다.

청력을 극대화시켜 봤지만 나뭇잎이 미풍에 스삭이는 소리와 밤새, 밤벌레들의 울음소리뿐, 흑삼인이라고 여겨지는 어떠한 기척도 감지되지 않았다.

'이런……'

무가내는 어처구니없는 표정으로 그 자리에 서서 주변을 둘러보았다.

그는 지금 이 상황이 현실로 받아들여지지 않았다.

자신이 흑삼인들을 눈으로 뻔히 보면서도 놓쳤다는 사실이 도저히 믿기지 않았다.

그는 조금 전까지만 해도 무공으로는 그 누구에게도 지지 않을, 그리고 그 누구도 놓치지 않을 자신이 팽배해 있었다.

하지만 지금은 자신의 수중에서 빠져나갈 수 있는 사람이 존재한다는 사실에 적잖은 놀라움을 느끼고 있었다.

그는 더 이상 무리한 욕심을 부리지 않고 흑삼인을 쫓는 것을 포기했다.

기척도, 흔적도 남기지 않은 흑삼인을 찾아내는 일은 백사장에 떨어져 있는 바늘 하나를 찾아내는 것과 같다.

그는 씁쓸한 기분으로 숲을 나와 배로 쏘아갔다.

흑삼인들이 누구며, 무슨 목적을 갖고 있는지는 모르지만 한 가지만은 알 것 같았다.

그들의 목표가 무가내 자신일 것이라는 사실이다.

그리고 한 가지 사실을 깨달았다.

끝간 데 없이 솟구치기만 하던 무공에 대한 자신감, 아니, 자만심이 상처를 입은 것이다.

분명하지는 않지만, 그는 천하에 자신보다 더 고강한 인물이 있을지도 모른다는 생각을 그날 밤에 처음으로 해보았다.

무가내가 배에 돌아왔을 때에는 모든 사람들이 잠에서 깨어 갑판에 모여 있었다.

무가내는 흑삼인들 때문에 마음이 뒤숭숭해져서 수하들의 인사를 받는 둥 마는 둥 자신의 선실로 들어갔다.

그러나 배에 있는 사람들이 모두 깨어난 것은 아니었다.

그때까지도 은예상은 곤한 잠에 빠져 있었다. 하긴, 무가내가 나갔다가 돌아온 시간은 길어야 일다경 정도밖에 지나지 않았다.

'도대체 그들은 뭐지?'

천하태평의 느긋한 성격인 무가내도 그날 밤만큼은 쉬이 잠을 이루지 못했다.

갑판에서 강조의 조용조용한 목소리가 들려왔지만 무가내는 신경 쓰지 않고 깊은 생각에 빠져들었다.

강조는 심기가 몹시 불편했다.

그도 그럴 것이, 무적전사 두 명에게 경계를 세워놓았는데도 괴한의 침입을 조금도 눈치 채지 못했기 때문이다.

아니, 그들은 무가내가 선실 밖으로 나와 허공으로 솟구친 것조차도 모르고 있었다.

그러다가 무가내가 흑삼인을 추격할 때 그의 배후를 공격한 지풍의 날카로운 파공음을 듣고서야 무슨 일이 벌어진 것을 깨달았다.

하지만 지풍의 파공음은 무적전사 모두와 균현까지 깨우고 말았다.

갑판에 강조가 허리에 두 손을 얹은 채 우뚝 서 있고, 그 앞에 자미룡을 비롯한 오십삼 명의 무적전사가 열을 지어 서서 장승처럼 꼼짝도 하지 않았다.

한 옆에 서 있던 균현은 무가내의 선실을 잠시 응시하다가 걸음을 옮겨 자신의 선실로 향했다.

"너희 모두 정신상태가 썩었다."

그의 뒤에서 강조의 묵직하면서도 싸늘한 목소리가 들려왔다.

무적이전사 강조는 그때부터 동이 틀 때까지 무적전사들에게 기합을 주었다.

강조는 일체의 소리가 나지 않도록 하면서 수하들에게 기합을 주는 방법을 최소한 백 가지 이상은 알고 있었다.

무적삼전사 자미룡이라고 해도 열외가 아니었다.

강조와 한 단계 차이라고 해도 엄연한 상급자다. 강조가 그녀를 존중하는 의미에서 열외를 하라고 지시했으나, 그녀는 듣지 않고 모든 무적전사들과 똑같이 처음부터 끝까지 기합을 받았다.

열외 같은 것은 결코 용납하지 못하는 그녀였다.

기강이란 자기 스스로 똑바로 세워야 아랫사람들이 따른다는 것을 오랜 구룡방 방주 생활에서 터득했기 때문이다.

그날 동이 텄을 때, 오십삼 명의 무적전사들 입에서는 단내가 풀풀 풍겼다.

무가내는 무창 선화루부터 찾아가기로 했다.

배가 포구에 닿자마자 그는 몇 사람만을 대동하고 곧장 선화루로 향했다.

그와 은예상이 나란히 앞장서고, 두 사람의 양쪽을 강조와 자미룡이 한 걸음 간격으로 나란히 걸으며 호위하고, 뒤에는 균현과 냉운월이, 그리고 마지막으로 요마낭과 한 명의 오십대 여자가 뒤따랐다.

냉운월이 동행한 이유는, 그녀가 요마군장이기 때문이다.

요선마후의 심복인 요계십화의 한 명을 만나러 가는 길에 요마군장이 빠질 수는 없는 일이다.

요마낭은 요마이전사이므로 당연히 냉운월을 호위했다.

균현은 선화루에 가서 어떻게 할 것인지에 대해서 무가내에게 일체 아무 말도 하지 않았다.

무가내가 그것에 대해서 묻지 않았기 때문에 무슨 방법이 있을 것이라고 생각한 것이다.

선화루주를 만나는 일이 중요하다는 사실은 백 번 강조해도 지나치지 않다.

무적방은 표면적으로는 사독요마의 집합체인 것처럼 보이지만, 실상 방 내에 과거 요선계 출신의 고수는 겨우 아홉 명에 불과했다.

무적방 전체 인원이 이천여 명인 점을 감안하면, 요선계 출신은 지나치게 적었다.

무적방 요마군이 거느리고 있는 팔백 명 중에서 진짜 요선계 고수는 달랑 아홉 명뿐이니, 요마군은 무늬만 '요마'라 해도 과언이 아니었다.

더구나 그들 아홉 명의 요선계 고수 중에서 이십 년 전 사마총혈계 소속이었던 사람은 단 한 명뿐이었다.

나머지는 흔천대전 이후의 세대, 즉 요선계 이대(二代)인 것이다.

지금 맨 뒤에서 요마낭과 나란히 걷고 있는 오십대 중반의 남의경장녀가 바로 무적방에 단 한 명뿐인 요선계 출신 일대고수였다.

요선계 일대고수라고는 하지만, 그 당시 그녀는 요선계 최하위 요마고수였다.

사마총혈계가 멸망한 후 그녀는 탕마령에 쫓겨 이리저리 도망 다니다가 깊은 산중에 숨어들어 화전을 일구며 살았었다.

그런데 얼마 전에 우연히 항주성에 새로 개파한 무적방이 사독요마를 대대적으로 모집하고 있다는 소문을 듣고 오랜 산중 생활을 청산하고 무적방으로 찾아왔던 것이다.

그녀를 선화루에 데리고 가는 것은 냉운월의 개인적인 뜻이었다.

혹시 그녀가 선화루주를 알아보거나 가느다란 친분이라도 있을지 모르기 때문이었다.

하지만 그녀는 자신이 과거에 워낙 하급 고수였고 미미한 존재였으니 별다른 기대는 하지 말라고 내내 손사래를 쳤다.

그래도 냉운월은 그녀가 한 가닥 도움이라도 줄지 모른다는 기대를 버리지 않았다.

무창성 전역에 땅거미가 짙게 깔리기 시작했다.

무가내는 어젯밤에 두 명의 흑삼인을 놓친 일 때문에 한동안 기분이 좋지 않았었다.

하지만 지금은 언제 그랬느냐는 듯 번화하기 짝이 없는 무창성 내를 구경하느라 정신이 없었다.

은예상은 절색의 미모 때문에 시선을 끌게 될까 봐 매미 날개처럼 얇은 면사를 얼굴에 드리운 모습이었다.

그녀가 두 팔로 무가내의 팔을 꼭 안고 있는데도 그는 두리번거리면서 구경하기에 여념이 없었다.

"주군, 다 왔습니다."

그때 균현이 한곳을 가리키면서 정중한 어조로 입을 열었
다.

모두 걸음을 멈추고 균현이 가리키는 곳을 쳐다보았다.

한 사람을 제외한 모두의 눈이 커졌다.

그들의 앞에 있는 것은 하나의 작은 성채 같았다.

오층의 거대한 누각이 중앙에 위치했고, 주변에 아름답고
웅장한 전각들 다섯 채가 오각형의 형태로 세워져 있었다.

선화루였다.

"들어가시지요."

균현이 공손히 허리를 굽히자 무가내와 은예상을 필두로
선화루 안으로 들어갔다.

그리고 선화루를 보고도 전혀 놀라지 않는 요마낭이 맨 뒤
를 따랐다.

『대마종』 6권에 계속…

Golden Key

박이수 소설

황금열쇠

「달의 아이」, 「붉은 소금성」의 작가 박이수.
그가 또 하나의 기대작 「황금열쇠」로 나타났다.

우연한 만남이란 단어는 그들에겐 존재하지 않았다.
얽혀 있는 사람들… 그리고 피할 수 없는 운명의 굴레!

뒤틀려 버린 운명의 주인공 세이엔 가이스카 리베 폰 라시에…
한순간 인생이 뒤바뀐 불운의 주인공 듀이 델릭
그리고…유일하게 그녀를 기억하는 단 한 사람 이샤무딘!

이제 운명의 주사위는 던져졌다.
엇갈린 운명 속에 모든 사건은 하나로 연결된다!
황금열쇠를 차지하기 위한 그들의 위험한 모험이 지금 시작된다.

『무정지로』, 『십삼월무』, 『화산진도』의
작가 참마도, 그가 돌아왔다!!

새롭게 시작되는 그의 네 번째 강호 이야기!!

"힘이 있는 자가 없는 자를 돕는 것입니다.
또한 힘이 없다면 돕기 위해 노력이라도 하는 것입니다.
그것이 진정한 협 아니겠습니까?"
"호오……."
송완은 다시 봤다는 듯 곽우를 바라보았고 담고위는
무슨 케케묵은 보물단지 보는 듯한 얼굴을 만들었다.
송완은 살짝 킥킥거리며 웃다가 이내 곽우에게 말했다.
"틀렸다. 협이란 무공이 높은 자의 중얼거림일 뿐이야.
무공이 낮은 자는 그저 그 협을 바라만 보고 있어야 하는 것이지.
그래서 세상은 협사가 널렸고 그 협사의 주변엔 구더기들이 들끓고 있는 거야."

강호라는 세상 속에서 지금 한 사람이 그 눈을 뜨려 한다.
한 자루의 부러진 검과 함께 곽우라는 이름을 가지고……

운룡쟁천

조돈형 新무협 판타지 소설

팔룡전설을 아는가?

북녘 하늘을 밝히는 별의 정기를 받고 태어난 여덟 명의 기재가
한 시대에 나타나리니, 그들의 눈은 삼라만상(森羅萬象)을 살피고
지혜는 하늘에 닿고 웅심은 천하를 덮을 것이다.
그들이 화합을 한다면 더없이 평온한 세상을 이룰 것이나,
만약 그렇지 않다면 피의 광풍이 온 천하를 휩쓸 것이다.

혼란의 시대!! 모략과 음모가 극에 다다른 혼돈의 강호무림!!

이때 하늘이 안배해 놓은 이가 있었으니, 그의 이름 도극성이라……!!
도극성!! 그가 무림에 다시 모습을 드러내는 날,
팔룡전설은 그로 인해 깨질 것이고 새로운 전설이 탄생할 것이다!!

유행이 아닌 자유추구 —
WWW.chungeoram.com
Book Publishing CHUNGEORAM

임희정 소설

조리하올로세

그러던 어느 날, 그에게 그 '능력' 이 찾아왔다.
조금은, 아름답지 않은 모습으로.

신의 뜻, 그것 외엔 없었다.
신의 영역, 시대의 금기를 깨는 그들의 불꽃같은 삶!

막연히 의사가 되기 위한 삶을 살아왔던 세요 폰 어뷔니트.
인간을 살리기 위해 의사가 되어야만 했던 웨인 파예트.

잔혹한 과거, 어긋난 현재.
그리고 우연히 찾아온 신비로운 능력!
보통 사람들과 다른 존재가 아니라는 것에 대한 증명.